岩 波 文 庫

31-013-2

病 牀 六 尺

正 岡 子 規 著

岩 波 書 店

目次

病牀六尺

一

○病床六尺、これが我《わが》世界である。しかもこの六尺の病床が余には広過ぎるのである。僅《わず》かに手を延ばして畳に触れる事はあるが、蒲団《ふとん》の外へまで足を延ばして体をくつろぐ事も出来ない。甚だしい時は極端の苦痛に苦しめられて五分《ごぶ》も一寸《いっすん》も体の動けない事がある。苦痛、煩悶《はんもん》、号泣、麻痺剤《まひざい》、僅かに一条の活路を死路の内に求めて少しの安楽を貪《むさぼ》る果敢《はか》なさ、それでも生きて居ればいひたい事はいひたいもので、毎日見るものは新聞雑誌に限つて居れど、それさへ読めないで苦しんで居る時も多いが、読めば腹の立つ事、癪《しゃく》にさはる事、たまには何となく嬉《うれ》しくてために病苦を忘るるやうな事がないでもない。年が年中、しかも六年の間世間も知らずに寐《ね》て居た病人の感じは先《ま》づこんなものですと前置きして

○土佐の西の端に柏島《かしわじま》といふ小さな島があつて二百戸の漁村に水産補習学校が一つ

ある。教室が十二坪、事務所とも校長の寝室とも兼帯で三畳敷、実習所が五、六坪、経費が四百二十円、備品費が二十二円、消耗品費が十七円、生徒が六十五人、校長の月給が二十円、しかも四年間昇給なしの二十円ぢやさうな。そのほかには実習から得る利益があつて五銭の原料で二十銭の缶詰が出来る。生徒が網を結ぶと八十銭位の賃銀を得る。それらは皆郵便貯金にして置いて修学旅行でなけりや引出させないといふ事である。この小規模の学校がその道の人にはこの頃有名になつたさうぢやが、世の中の人は勿論《もちろん》知りはすまい。余はこの話を聞いて涙が出るほど嬉しかつた。我々に大きな国家の料理が出来んとならば、この水産学校へ這入《はい》つて松魚《かつお》を切つたり、烏賊《いか》を乾したり網を結んだりして斯様《かよう》な校長の下《もと》に教育せられたら楽しい事であらう。　　（五月五日）

二

○余は性来臆病なので鉄砲を持つことなどは大嫌ひであつた。尤《もっと》も高等中学に居る時分に演習に往《い》つてモーゼル銃の空撃《からう》ちをやつたことがあるが、そのほかには室内射的といふことさへ一度もやつたことがない、人が鉄砲を持つて居るのを見てさへ、何だか剣呑《けんのん》で不愉快な感じがする位であるから、楽しみに銃猟に出かけるなどといふことはいくらすすめられても思ひつかぬことであつた。昨年であつたか岩崎某がその友人である大学生の某を誤つて撃殺《うちころ》したといふことを聞いた時に、縁《ゆかり》も由縁もない人であるけれど余は不愉快で堪《たま》らなかつた。しかるにこの事件は撃たれたる某の父の正しき請求によりて、岩崎一家は以来銃猟をせぬといふ家憲を作りて目出《めで》たく納まつたので、それは愉快に局を結んだが、随《したが》つて一般の銃猟といふことに対してはますます不安を感じて来た。しかるに近来頭のわるくなると共に、理窟臭《りくつくさ》いものは一切読めぬことになつて、遂《つい》には新聞などに出て居る銃猟談をよむほど面白く心ゆくことはなかつた。ある坊さんがいふには、銃猟ほど残酷なものはない、鳥が面白く歌ふて居るのを出しぬきに後《うしろ》から撃つといふのは丁度《ちょうど》人間が発句《ほっく》を作つて楽しんで居るのを、後ろから撃殺すやうなものである、こんな残酷なことはないといふたことがある。それは尤もな話で、鳥の方から考へる時には誠に残酷に違ひないが、しかし普通の俗人が銃猟をして居る時の心持は誠に無邪気で愛すべき所があるので、その銃猟談などを聞いても政治談や経済談を聞くのと違つて、愉快な感じを起す事になるのであらう。

○そのうへに銃猟は山野を場所として居るのでそれがために銃猟談に多少の趣を添へることが多い。殊に玄人《くろうと》になると雀《すずめ》や頬白《ほおじろ》を撃つて徒《いたずら》に猟の多いことを誇るやうなことはせぬやうになり、自《おの》らずか》その間に道の存する所の見えるのも喜ぶべき一カ条である。しかるに惜しいことには無風流な人が多いので、その話をきくと殺風景な点が多いのは遺憾なことである、銃猟談は前いふやうに山野に徘徊《はいかい》するのであるから、鳥を撃つといふことよりも、それに附属したる件に面白味があるのにきまつて居るが、その趣を発揮する人が甚だ少ない。近頃『猟友』といふ雑誌で飯島博士が独逸《ドイツ》で銃猟した事の話が出て居るが、これはよほどこまかく書いてあるので、ほかのよりは際立つて面白いことが多い。例せば井上公使の猟区に出掛けた時の有様を説いて、おのおのが手製の日本料理をこしらへて、正宗《まさむね》の瓶《びん》を傾け、しかもそこに雇ひつけの猟師(独逸人)に日本語を教へてあるので、

それから部屋の中でからに、飯を食ふ時などは、手をポンポンと叩《たた》く、へイと

返辞をするのだと教へて置く、ところが猟師の野郎ヒイといふて奇妙な声を出して返辞をする、どうも捧腹絶倒《ほうふくぜっとう》実に面白い生活ですなどと書いてあるところは実に面白く出来て居る。総《すべ》てかういふ風に銃猟談はしてもらひたいものである。否《いな》もう少しこまかく叙したならば更に面白いに違ひない、銃猟もここに至つて残酷の感を脱してしまふことが出来る。

（五月六日）

三

○東京の牡丹《ぼたん》は多く上方《かみがた》から苗が来るので、寒牡丹だけは東京から上方の方へ輸出するのぢやさうな。このほかに義太夫《ぎだゆう》といふやつも上方から東京へ来るのが普通になつて居る。さうして東京の方を本《もと》として居るのは、常磐津《ときわず》、清元《きよもと》の類ひである。牡丹は花の中でも最も派手で最も美しいものであるのと同じやうに、義太夫はこれらの音曲《おんぎょく》のうちで最も派手で最も重々しいものである。して見ると美術上の重々しい派手な方の趣味は上方の方に発達して、淡泊な方の趣味は東京に発達して居るのであらうか、俳句でいふて見ても昔から京都の方が美しい重々しい方に傾いて、江戸の方は一ひねくりひねくつたやうなのが多い。蕪村《ぶそん》の句には牡丹の趣がある。闌更《らんこう》の句は力は足らんけれどもやはり牡丹のやうな処《ところ》がある。梅室《ばいしつ》なども俗調ではあるが、松葉牡丹位の趣味が存して居る。江戸の方は其角嵐雪《きかくらんせつ》の句でも白雄《しらお》一派の句でも仮令《たとい》いくらかの美しい処はあるにしても、多少の渋味を加へて居る処はどうしても寒牡丹にでも比較せねばなるまい。（五月七日）

四

○西洋の古画の写真を見て居たらば、二百年前位に和蘭人《オランダじん》の画いた風景画がある。これらは恐らくはこの時代にあつては珍しい材料であつたのであらう。日本では人物画こそ珍しけれ、風景画は極めて普通であるが、しかしそれも上古から風景画があつたわけではない。巨勢金岡《こせのかなおか》時代はいふまでもなく、それより後土佐画の起つた頃までも人間とか仏とかいふものを主として居つたのであるが、支那から禅僧などが来て仏教上に互に交通が始まつてから、支那の山水画なる者が輸入されて、それから日本にも山水画が流行したのである。

日本では山水画といふ名が示して居る如《ごと》く、多くは山や水の大きな景色が画いてある。けれども西洋の方はそんなに馬鹿に広い景色を画かぬから、大木を主として画いた風景画が多い。それだから水を画いても川の一部分とか海の一部分とかを写す位な事で、山水画といふ名をあてはめることは出来ぬ。西洋の風景画を見るのに、昔のは木を画けば大木の厳《いか》めしいところが極めて綿密に写されて居る。それが近頃の風景画になると、木を画いても必ずしも大木の厳めしいところを画かないで、普通の木の若々しく柔《やわら》かな趣味を軽快に写したのが多いやうに見える。堅い趣味から柔かい趣味に移り厳格な趣味から軽快な趣味に移つて行くのは今日の世界の大勢であつて、必ずしも画の上ばかりでなく、また必ずしも西洋ばかりに限つた事でもないやうである。

かつて文学の美を論じる時に、叙事、叙情、叙景の三種に別つて論じた事があつた。それを或人《あるひと》は攻撃して、西洋には叙事、叙情といふ事はあるが叙景といふ事はないといふたので、余は西洋の真似《まね》をしたのではないといふてその時に笑ふた事であつた。西洋には昔から風景画も風景詩も少《すくな》いので、学者が審美的の議論をしても風景の上には一切説き及ぼさないのであるさうな。これは西洋人の見聞の狭いのに基《もとづ》いて居るのであるから先《ま》づ彼らの落度といはねばならぬ。（五月八日）

五

○明治卅五年《さんじゅうご》五年五月八日雨記事。

昨夜少しく睡眠を得て昨朝来の煩悶《はんもん》やや度を減ず、牛乳二杯を飲む。

九時麻痺剤《まひざい》を服す。

天岸《あまぎし》医学士長州へ赴任のため暇乞《いとまごい》に来る。ついでに余の脈を見る。

碧梧桐《へきごとう》、茂枝子《しげえこ》早朝より看護のために来る。

鼠骨《そこつ》もまた来る。学士去る。

きのふ朝倉屋より取り寄せ置きし画本を碧梧桐らと共に見る。月樵《げっしょう》の『不形画藪《ふけいがそう》』を得たるは嬉《うれ》し。そのほか『鶯邨画譜《おうそんがふ》』『景文花鳥画譜』『公長略画』など選《え》り出し置く。

午飯《ひるめし》は粥《かゆ》に刺身など例の如《ごと》し。

繃帯《ほうたい》取替をなす。疼痛《とうつう》なし。

ドンコ釣《つり》の話。ドンコ釣りはシノベ竹に短き糸をつけ蚯蚓《みみず》を餌《えさ》にして、ドンコの鼻先につきつけること。ドンコもし食ひつきし時は勢よく竿《さお》を上ぐること。もし釣り落してもドンコに限りて再度釣れることなど。ドンコは川に住む小魚にて、東京にては何とかハゼといふ。

郷里松山の南の郊外には池が多きといふ話。池の名は丸池、角池、庖刀池《ほうとういけ》、トーハゼ(唐櫨)池、鏡池、弥八婆々の池、ホイト池、薬師の池、浦屋の池など。

フランネルの切れの見本を見ての話。縞柄《しまがら》は大きくはつきりしたるがよいといふこと。フランネルの時代を過ぎて、セルの時代となりしことなど。

茂枝子ちよと内に帰りしがややありて来《きた》り、手飼のカナリヤの昨日も卵産み今朝も卵産みしに今俄《にわか》に様子悪く巣の外に出て身動きもせず如何《いか》にすべきとて泣き惑ふ。そは糞《ふん》づまりなるべしといふもあれば尻《しり》に卵のつまりたるならんなどいふもあり。

余は戯れに祈禱《きとう》の句をものす。

菜《な》種《たね》の実はこべらの実も食はずなりぬ

親鳥も頼め子安の観世音《かんぜおん》
竹の子も鳥の子も只《ただ》やすくと
糞づまりならば卯《う》の花《はな》下しませ

晩飯は午飯とほぼ同様。

体温三十六度五分。

点燈後碧梧桐謡曲一番殺生石《せっしょうせき》を謡《うた》ひをはる。余が頭やや悪し。

鼠骨帰る。

主客五人打ちよりて家計上のうちあけ話しあり、泣く、怒る、なだめる。この時窓外雨やみて風になりたるとおぼし。

十一時半また麻痺剤を服す。

碧梧桐夫婦帰る。時に十二時を過る事十五分。

余この頃精神激昂《げっこう》苦悶やまず。睡《ねむり》覚めたる時殊《こと》に甚だし。寐起《ねおき》を恐るるより従つて睡眠を恐れ従つて夜間の長きを恐る。碧梧桐らの帰る事遅きは余のために夜を短くしてくれるなり。

（五月十日）

六

○今日は頭工合《あたまぐあい》やや善し。虚子《きょし》と共に枕許《まくらもと》にある画帖をそれこれとなく引き出して見る。所感二つ三つ。

余は幼き時より画を好みしかど、人物画よりもむしろ花鳥を好み、複雑なる画よりもむしろ簡単なる画を好めり。今に至つてなほその傾向を変ぜず。それ故に画帖を見てもお姫様一人画きたるよりは椿《つばき》一輪画きたるかた興深く、張飛《ちょうひ》の蛇矛を携《たずさ》へたらんよりは柳に鶯《うぐいす》のとまりたらんかた快く感ぜらる。

画に彩色あるは彩色なきより勝《まさ》れり。墨画《すみえ》ども多き画帖の中に彩色のはつきりしたる画を見出したらんは万緑叢中紅一点《ばんりょくそうちゅうこういってん》の趣あり。

呉春《ごしゅん》はしやれたり、応挙《おうきょ》は真面目《まじめ》なり、余は応挙の真面目なるを愛す。

『手競画譜《しゅきょうがふ》』を見る。南岳《なんがく》、文鳳《ぶんぽう》二人の画合せなり。南岳の画はいづれも人物のみを画き、文鳳は人物のほかに必ず多少の景色を帯ぶ。南岳の画は人物徒《いたずら》に多くして趣向なきものあり、文鳳の画は人物少《すくな》くとも必ず多少の意匠あり、かつその形容の真に逼《せま》るを見る。もとより南岳と同日に論ずべきに非《あら》ず。或人《あるひと》の画に童子一人左手に傘の畳みたるを抱へ右の肩に一枝の梅を担《かつ》ぐ処《ところ》を画けり。あるいはよそにて借りたる傘を返却するに際して梅の枝を添へて贈るにやあらん。もししからば画の簡単なる割合に趣向は非常に複雑せり。俳句的といはんか、謎的《なぞてき》といはんか、しかもかくの如《ごと》き画は稀《まれ》に見るところ。

抱一《ほういつ》の画、濃艶《のうえん》愛すべしといへども、俳句に至つては拙劣《せつれつ》見るに堪へず。その濃艶なる画にその拙劣なる句の賛《さん》あるに至つては金殿に反古《ほご》張りの障子を見るが如く釣り合はぬ事甚《はなは》だし。

『公長略画』なる書あり。纔《わずか》に一草一木を画きしかも出来得るだけ筆画を省略す。略画中の略画なり。而《しか》してこのうちいくばくの趣味あり、いくばくの趣向あり。蘆《ろ》雪《せつ》らの筆縦横自在《じゅうおうじざい》なれどもかへつてこの趣致を存せざるが如し。あるいは余の性簡単を好み天然を好むに偏するに因《よ》るか。

(五月十二日)

七

○左千夫《さちお》いふ柿本人麻呂《かきのもとのひとまろ》は必ず肥えたる人にてありしならむ。その歌の大きくして逼《せま》らぬ処《ところ》を見るに決して神経的痩《や》せギスの作とは思はれずと。節《たかし》いふ余は人麻呂は必ず痩せたる人にてありしならむと思ふ。その歌の悲壮なるを見て知るべしと。けだし左千夫は肥えたる人にして節は痩せたる人なり。他人のことも善き事は自分の身に引き比べて同じやうに思ひなすこと人の常なりと覚ゆ。かく言ひ争へる内左千夫はなほ自説を主張して必ずその肥えたる由を言へるに対して、節は人麻呂は痩せたる人に相違なけれどもその骨格に至りては強く逞《たくま》しき人ならむと思ふなりといふ。余はこれを聞きて思はず失笑せり。けだし節は肉落ち身痩せたりといへども毎日サンダウの啞鈴《あれい》を振りて勉《つと》めて運動を為《な》すがためにその骨格は発達して腕力は普通の人に勝りて強しとなむ。さればにや人麻呂をもまたかくの如《ごと》き人ならむと己れに引き合せて想像したるなるべし。人間はどこまでも自己を標準として他に及ぼすものか。

○文晁《ぶんちょう》の絵は七福神如意《しちふくじんにょい》宝珠《ほうしゅ》の如き趣向の俗なるものはいふまでもなく、山水または聖賢の像の如き絵を描けるにもなほ何処にか多少の俗気を含めり。崋山《かざん》に至りては女郎雲助の類をさへ描きてしかも筆端に一点の俗気を存せず。人品《じんぴん》の高かりしためにやあらむ。到底《とうてい》文晁輩の及ぶ所に非ず。

○余ら関西に生れたるものの目を以《もっ》て関東の田舎を見るに万事において関東の進歩遅きを見る。ただ関東の方著《いちじるし》く勝れりと思ふもの二あり。曰《いわ》く醤油《しょうゆ》。曰く味噌《みそ》。

○下総《しもうさ》の名物は成田の不動、佐倉宗五郎《さくらそうごろう》、野田の亀甲萬《きっこうまん》(醤油)。(五月十三日)

八

○名所を歌や句に詠《よ》むにはその名所の特色を発揮するを要す。故にいまだ見ざるの名所は歌や句に詠むべきにあらざれども、例せば富士山の如《ごと》き極めて普通なる名所は、いまだこれを見ざるもあるいは人の語る所を聞き、あるいは人の書き記せる文章を読み、あるいは絵画写真に写せる所を見などして、その特色を知るに難《かた》からず。さはいへやはり実際を見たる後には今までの想像とは全く違ひたる点も少《すく》なからざるべし。余いまだ芳野《よしの》を見ず。かつ絵画文章の如きも詳しく写しこまかに叙したるものを知らず。今年或人《あるひと》の芳野紀行を読みていくばくの想像を逞《たくま》しうするを得て試みに俳句数首を作る。もし実地を踏みたる人の目より見ば、実際に遠き句にあらずんば、必ず平凡なる句や多からん。ただそれ無難なるは主観的の句のみならんか。

六田越えて花にいそぐや一の坂
芳野山第一本の桜かな
花見えて足踏み鳴らす上り口
花の山蔵《ざ》王《おう》権《ごん》現《げん》鎮《しず》まりぬ
指すや花の木の間の如《にょ》意《い》輪《りん》寺《じ》
案内者の楠《くすのき》語る花見かな
案内者も吾《われ》等《ら》も濡《ぬ》れて花の雨
南朝の恨《うらみ》を残す桜かな
千本が一時に落花する夜あらん
西《さい》行《ぎょう》庵《あん》花も桜もなかりけり

（五月十四日）

九

○余が病気保養のために須磨《すま》に居る時、「この上になほ憂《う》き事の積れかし限りある身の力ためさん」といふ誰やらの歌を手紙などに書いて独りあきらめて居つたのは善かつたが、今日から見るとそれは誠に病気の入口に過ぎないので、昨年来の苦しみは言語道断殆《ほとん》ど予想の外であつた。それが続いて今年もやうやう五月といふ月に這入《はい》つて来た時に、五月といふ月は君が病気のため厄月《やくづき》ではないかと或《あ》る友人に驚かされたけれど、否《いな》大丈夫である去年の五月は苦しめられて今年はひま年であるから、などとむしろ自分では気にかけないで居た。ところが五月に這入つてから頭の工合《ぐあい》が相変らず善くないといふ位で毎日諸氏のかはるがはるの介抱に多少の苦しみは紛らしとつたが、五月七日といふ日に朝からの苦痛で頭が悪いのかどうだか知らぬが、とにかく今までに例のない事と思ふた。八日には少し善くて、その後また天気工合と共に少しは持ち合ふてゐたが十三日といふ日に未曽有《みぞう》の大苦痛を現じ、心臓の鼓動が始まつて呼吸の苦しさに泣いてもわめいても追つ附かず、どうやらかうやらその日は切抜けて十四日も先《ま》づ無事、ただしかも前日の反動で弱りに弱りて眠りに日を暮し、十五日の朝三十四度七分といふ体温は一向に上らず、それによりて起りし苦しさはとても前日の比にあらず、最早《もはや》自分もあきらめて、その時あたかも牡丹《ぼたん》の花生けの傍に置いてあつた石膏《せっこう》の肖像を取つてその裏に「自題《みずからだいす》。土一塊牡丹生けたるその下に。年月日」と自ら書きつけ、もしこのままに眠つたらこれが絶筆であるといはぬばかりの振舞、それも片腹痛く、午後は次第々々に苦しさを忘れ、今日はあたかも根岸の祭礼日なりと思ひ出したるを幸《さいわい》に、朝の景色に打つてかへて、豆腐の御馳走《ごちそう》に祝の盃《さかずき》を挙げたのは近頃不覚を取つたわけであるが、しかしそれも先づ先づ目出たいとして置いて、さて五月もまだこれから十五日あると思ふと、どう暮してよいやらさツぱりわからぬ。

○五月十五日は上根岸三島神社の祭礼であつてこの日は毎年の例によつて雨が降り出した。しかも豆腐汁木の芽あへの御馳走《ごちそう》に一杯の葡萄酒《ぶどうしゅ》を傾けたのはいつにない愉快であつたので、

　この祭いつも卯《う》の花《はな》くだしにて

鶯《うぐいす》も老て根岸の祭かな
修復成る神杉若葉藤の花
引《ひ》き出《い》だす幣《ぬさ》に牡丹の飾り花車《だし》
筍《たけのこ》に木の芽をあへて祝ひかな
歯が抜けて筍堅く烏賊《いか》こはし
不消化な料理を夏の祭かな
氏《うじ》祭《まつり》これより根岸蚊《か》の多き

(五月十八日)

十

○前にもいふた南岳文鳳《なんがくぶんぽう》二人の『手競画譜《しゅきょうがふ》』の絵について二人の優劣を判じて置いたところが、或人《あるひと》はこれを駁《ばく》して文鳳の絵は俗気があつて南岳には及ばぬといふたさうな。余は南岳の絵はこれよりほかに見たことがないし、殊に大幅《たいふく》に至つては南岳のも文鳳のも見たことがないから、どちらがどうとも判然と優劣を論じかねるが、しかし文鳳の方に絵の趣向の豊富な処《ところ》があり、かつその趣味の微妙な処がわかつて居るといふことは、この一冊の画を見ても慥《たしか》に判ずることが出来る。尤《もっと》も南岳の絵もその全体の布置《ふち》結構《けっこう》その他筆つきなどもよく働いて居つて固《もと》より軽蔑《けいべつ》すべきものではない。故に終局の判断は後日を待つこととしてここには『手競画譜』にある文鳳のみの絵について少し批評して見よう。(もとこの画譜は余斎《よさい》の道中歌を絵にしたものとあるからして大体の趣向はその歌に拠《よ》つたのであらうが、ここにはその歌がないので、十分にわからぬ。)

この道中画は大方東海道の有様を写したものであらうと思ふ。かつ歌合せの画を左右に分けて画に写したのであるから、左とあるのが凡《すべ》て南岳の画で、右とあるのが凡て文鳳の画である。

その始めにある第一番の右は即《すなわ》ち文鳳の画で、三艘《さんそう》の舟が、前景を往来して居つて、遥《はる》かの水平線に帆掛舟《ほかけぶね》が一つある。そのほかには山も陸も島も何もない。この趣向が已《すで》に面白い。殊に三艘の舟の中で、前にある一番大きな舟を苫舟《とまぶね》にして二十人ばかりも人の押合ふて乗つて居る乗合船を少し沖の方へかいたのが凡趣向《ぼんしゅこう》でない。普通の絵かきならば、必ずこの乗合船の方を近く大きく正面にしてかいたであらう。

二番の右は道中の御本陣ともいふべき宿屋で貴人のお乗込みを待ち受けるとでもいふべき処である。画面には三人の男があつて、そのうち一人は門前に水を撒《ま》いて居る。他の二人は幕を張つて居る。その幕を張つて居る方の一人は下に居つて幕の端を持ち、他の一人は梯子《はしご》に乗つて高い処に幕をかけて居る。その梯子の下には草履《ぞうり》がある。箒《ほうき》がある。踏《ふみ》つぎがある。塵取《ちりとり》がある。その塵取の中には芥《あくた》がはひつて居る。実にこまかいものである。それで全体の筆数はといふと、極めて少《すく》いもので、二分間位に書けてしまひさうな画である。これらも凡手段《ぼんしゅだん》の及ぶ所でない。

三番の右は川渡しの画で、やや大きな波の中に二人の川渡しがお客を肩車にして渡つて居る所である。ここにも波と人とのほかに少しの陸地もかかないのは、この川を大きく見せる手段であつて前の舟三艘の画とその点がやや似て居る。その川渡しの人間は一人が横向きで、一人が後ろ向きになつて居る。その両方の形の変化して面白い処は実際の画を見ねばわからぬ。

四番の右は何《な》んの画とも解しかぬるので評をはぶく。

五番の右は例の粗筆で、極めて簡略にかいて居るが、その趣向は極めて複雑して居る。正面には一間《いっけん》に一間半位の小さい家をかいて、その看板に「御かみ月代《さかやき》、代《だい》十六文《じゅうろくもん》」とかいてある。その横にある窓からは一人の男が、一人の髯武者《ひげむしゃ》の男の髯を剃《そ》つて居る処が見える。その窓の下には手箒《てぼうき》が掛けてあつて、その手箒の下の地面即ち屋外には、鬢盥《びんだらい》と手《て》桶《おけ》のやうなものが置いてある。今いふた窓が東向きの窓ならば、それに接して折曲つた方の北側は大方壁であつて、その高い処に小さな窓があけてあつて、その窓には稗蒔《ひえまき》のやうな鉢植が一つ置いてある。その窓の横には「やもり」が一疋《いっぴき》這ふて居る。屋根は板葺《いたぶき》で、石ころがいくつも載せてある。かういふ家が画の正面の大部分を占めて居つて、その家は低い石垣の上に建てられて居る。その石垣といふのは、小さな谷川に臨んで居るので、家の後ろ側の処に橋の一部分が見えて居る。それだからこの画の場所を全体から見ると、小川にかけてある橋の橋詰に一軒の小さな床屋があるといふ処である。その趣のよいのみならず、これほどの粗画にこの場所から家の構造から何から何まで悉《ことごと》く現はれて居るといふのは到底文鳳以外の人には出来る事でない。実に驚くべき手腕である。

六番の右は薄原《すすきはら》に侍が一人馬の口を取つて牽《ひ》いて居る処である。この画も薄のほかに木も堤も何もないので、かつその薄が下の方を少しあけて上の方は画けるだけつめてかいてあるので、薄原が広さうにも見え、凄《すご》さうにも見え、爪先上《つまさきあが》りになつて居るやうにも見える。そこで侍も馬も画面のなかばよりはやや上の方にかいてある。この画の趣向は十分にわからぬけれど、馬には腹帯があつて、鞍《くら》のない処などを見ると、侍が荒馬を押へて居る処かと思はれる。これが侍であつて馬士《まご》でない所(それは髷《まげ》と服装と刀とでわかるが)も面白いが、馬が風の薄にでも恐れたかと思ふやうな荒々しき態度のよく現はれる処も面白い。

(五月二十二日)

十一

(ツヅキ)七番の右はむしろ景色画にして岡伝ひに小さき道があつて、その道は二つに分れ、一筋はその岡に沿ふて左に行くべく、一筋は橋を渡つて水に沿ふて左に行くべくなつてをる。点景の人物は一寸《いっすん》位な大きさのが三人あるばかりで、それは格別必要な部分を占めてをるのではない。ただかういふやうなちよつとした景色をこの中に挿《はさ》んだのが意匠の変化するところで面白い。

八番の右は立場《たてば》と見えて坊さんを乗せた駕《かご》が一梃《いっちょう》地に据ゑてある。一人の雲助は何か餅《もち》の如《ごと》きものを頬《ほお》ばつて居る。一人の雲助は銭の一さしを口にくはへてその内の幾らかを両手にわけて勘定してをる。その傍に挟箱《はさみばこ》を下ろして煙草《たばこ》を吹かしてをる者もある。更に右の方には馬士《まご》が馬の背に荷物を附けるところで、その馬士の態度といひ、馬が荷物の重みを自分の身に受けこたへてをる心持といひ、其処《そこ》の有様が実によく現はれてをる。その傍にはなほ一、二人の人があつて何となく混雑の様が見えてをる。南岳《なんがく》の画は人が大勢居つてもその人はただ群集してをるばかりであるが文鳳《ぶんぽう》の画は人が大勢居ればその大勢の人が一人々々意味を持つて居る。此処《ここ》らで見ても両人の優劣はほぼ顕《あら》はれて居る。

九番の右は四人で一箇《いっこ》の道中駕をかついで行くところで、駕の中の人は馬鹿に大きく窮屈さうに画いてある。何でもないやうであるがそれだけの趣向を現はしたのが面白い。

十番の右は旅人が一人横に寝て按摩《あんま》を取らしてをる処《ところ》である。旅人の枕元には小さな小荷物があり笠《かさ》がある。その前には煙草盆があり煙草入れがある。頭巾《ずきん》を被《かぶ》つたままで頰杖《ほおづえ》を突いて目をふさいで居るのは何となく按摩のために心持の善さそうな処が見える。按摩は客の後ろ側よりその脚を揉《も》んで居る。ところでその右の眼だけは丸く開いて居る。しかも左の眼はつぶれて居つて口は左の方へ曲つてをる、この二人の後の方に行燈《あんどん》が三つかためて置いてある。これは勿論灯《ひ》のついて居る行燈ではなからう、客の座敷に斯様《かよう》の行燈が置いてあるといふ事はいかにも貧しい宿であるといふ事を示して居る。

（五月二十三日）

十二

（ツヾキ）十一番の右は正面に土手を一直線に画いてある。この一直線に画いてある処《ところ》既に奇抜である。その土手の前面には小さな水車小屋があつて、作業がある。土手の上には笠《かさ》を着た旅人が一人小さく画かれてある。かういふ景色の処は実際にあるけれども、画に現はしたものはほかにない。

十二番の右は笠着た旅人が笠着た順礼に奉捨を与へる処で、順礼が柄杓《ひしゃく》を突出して居ると、旅人はその歩行をも止めず、手をうしろへまはして柄杓の中へ銭を入れて居る処は能《よ》く実際を現はして居る。殊にその場所を海岸にして、蘆《あし》などが少し生えて居り、遠方に船が一つ二つ見えて居る処なども、この平凡な趣向をいくらか賑《にぎ》やかにして居る。

十三番の右は景色画でしかも文鳳《ぶんぽう》特得の伎倆《ぎりょう》を現はして居る。場所は山路であつて、正面に坂道を現はし(坂の上には小さな人物が一人向ふへ越え行かうとして居る処が画いてある)坂の右側に数十丈もあらうといふ大樹が欝然《うつぜん》として立つて居る。筆数は余り多くないが、その大樹があるために何となくその景色が物凄《ものすご》くなつて、その樹《き》は慥《たしか》に下の方の深い谷間に聳《そび》えて居るといふことがよくわかる。心持の可《よ》い画である。

十四番の右は百姓家の入口に猿廻《さるまわ》しが猿を廻して居る処で、その家の入口の縄《なわ》暖簾《のれん》をかかげて子供が二人ばかりのぞいて居る。一人の子供は六つ七つ、一人の子供は二つ三つ位の歳《とし》で、大方兄弟であらうと推せられる。その入口の両側には蓆《むしろ》が敷いて麦か何かが干してある。家の横手にはちよつとした菊の垣がある。小菊が花を沢山《たくさん》つけて咲いて居る。この絵などは単に田舎の景色を能く現はして居るといふばかりでなく、甚だ感じのよい処を現はして居る。

十五番の右は乞食《こじき》が二人ねころんで居る処でそこらには草が沢山生えて居る。

十六番の右は鳥居の柱と大きな杉の樹とがいづれも下の方一間《いっけん》ばかりだけ大きく画いてある。それは社《やしろ》の前であるといふことを示して居る。その社の前の片方に手品師が膝《ひざ》をついて手品をつかつて居る。襷《たすき》をかけ、広げた扇を地上に置き、右の手を眼の前にひらけて紙屑《かみくず》か何かの小さくしたのを散《ち》らかして居る。「春は三月落花の風情」とでもいふ処であらう。この手品師が片寄せて画いてあるために見物人は一人も画いて居ない。そこらの趣向は余り類のない趣向である。

十七番の右は並木の街道に旅人が二、三人居る処であるが、これは別に趣向といふ処もないやうで、ただ松の木の向ふ側に人を画いたのが趣向でもあらうか。

十八番の右は海を隔てて向ふに富士を望む処で別に趣向といふでもないが、ただこの一巻の最終の画であるだけに、この平凡な景色が何となく奥床しく見える。

要するに文鳳の画は一々に趣向があつて、その趣向の感じがよく現はれて居る。筆は粗であるけれど、考へは密である。一見すれば無造作に画いたやうであつて、その実極めて用意周到である。文鳳の如《ごと》きは珍しき絵かきである。しかも世間ではそれほどの価値を認めて居ないのは甚だ気の毒に思ふ。

（五月二十四日）

十三

○古洲《こしゆう》よりの手紙の端に

御無沙汰《ごぶさた》をして居つて誠にすまんが、実は小提灯《こぢようちん》ぶらさげの品川行時代を追懐して今日の君を床上に見るのは余にとつては一の大苦痛である事を察してくれ給へ。

とあつた。この小提灯といふ事は常に余の心頭に留まつてどうしても忘れる事の出来ない事実であるが、さすがにこの道には経験多き古洲すらもなほ記憶してをるところを以《もつ》て見ると、多少他に変つた趣が存してゐるのであらう。今は色気も艶気《つやけ》もなき病人が寐床《ねどこ》の上の懺悔《ざんげ》物語として昔ののろけもまた一興であらう。

時は明治二十七年春三月の末でもあつたらうか、四カ月後には驚天動地の火花が朝鮮の其処《そこ》らに起らうとは固《もと》より知らず、天下泰平と高をくくつて遊び様に不平を並べる道楽者、古洲に誘はれて一日の日曜を大宮公園に遊ばうと行《いっ》て見たところが、桜はまだ咲かず、引きかへして目黒の牡丹亭《ぼたんてい》とかいふに這入《はい》り込み、足を伸ばしてしよんぼりとして待つて居るほどに、あつらへの筍飯《たけのこめし》を持つて出て給仕してくれた十七、八の女があつた。この女あふるるばかりの愛嬌《あいきょう》のある顔に、しかもおぼこな処《ところ》があつて、かかる料理屋などにすれからしたとも見えぬほどのおとなしさが甚だ人をゆかしがらせて、余は古洲にもいはず独り胸を躍らして居つた。古洲の方もさすがに悪くは思はないらしく、彼女がランプを運んで来た時に、お前の内に一晩泊めてくれぬか、と問ひかけた。けれども、お泊りはお断り申しまする、とすげなき返事に、固《もと》よりその事を知つて居る古洲は第二次の談判にも取りかからずにだまつてしまふた。それから暫《しばら》くの間雑談に耽《ふけ》つてゐたが、品川の方へ廻《まわ》つて帰らう、遠くなければ歩いて行かうぢやないか、といふ古洲がいつになき歩行説を取るなど、趣味ある発議に、余は固より賛成して共にぶらぶらとここを出かけた。外はあやめもわからぬ闇《やみ》の夜であるので、例の女は小田原的小提灯を点じて我々を送つて出た。姐《ねえ》さん品川へはどう行きますか、といふ問に、品川ですか、品川はこのさきを左へ曲つてまた右に曲つて……其処まで私がお伴致しませう、といひながら、提灯を持つて先に駈《か》け出した。我々はその後から踵《つ》いて行《いつ》て一町余り行くと、藪《やぶ》のある横丁、極めて淋《さび》しい処へ来た。これから田圃《たんぼ》をお出になると一筋道だから直《す》ぐわかります、といひながら小提灯を余に渡してくれたので、余はそれを受取つて、さうですか有難う、と別れようとすると、ちよつと待つて下さい、といひながら彼女は四《し》、五間《ごけん》後の方へ走り帰つた。何かわからんので躊躇《ちゆうちよ》してゐるうちに、女はまた余の処に戻つて来て提灯を覗《のぞ》きながらその中へ小さき石ころを一つ落し込んだ。さうして、さやうなら御機嫌宜《よろ》しう、といふ一語を残したまま、もと来た路を闇の中へ隠れてしまふた。この時の趣、藪のあるやうな野外《のはず》れの小路のしかも闇の中に小提灯をさげて居る自分、小提灯の中に小石を入れて居る佳人、余は病床に苦悶《くもん》して居る今日に至るまで忘れる事の出来ないのはこの時の趣である。それから古洲と二人で春まだ寒き夜風に吹かれながら田圃路をたどつて品川に出た。品川は過日の火災で町は大半焼かれ、殊に仮宅《かりたく》を構へて妓楼《ぎろう》が商売して居る有様は珍しき見ものであつた。仮宅といふ名がいたく気に入つて、蓆囲《むしろがこ》ひの小屋の中に膝《ひざ》と膝と推し合ふて坐《すわ》つて居る浮《うか》れ女《め》どもを竹の窓より覗いてゐる、古洲の尻《しり》に附いてうつかりと佇《たたず》んでゐるこの時、我手許《わがてもと》より燄《ほのお》の立ち上るに驚いてうつむいて見れば、今まで手に持つて居つた提灯はその蠟燭《ろうそく》が尽きたために、火は提灯に移つてぼうぼうと燃え落ちたのであつた。

うたゝ寐に春の夜浅し牡丹亭
春の夜や料理屋を出る小提灯
春の夜や無紋あやしき小提灯

（五月二十五日）

十四

○病に寐《ね》てより既に六、七年、車に載せられて一年に両三度出ることも一昨年以来全く出来なくなりて、ずんずんと変つて行く東京の有様は僅《わず》かに新聞で読み、来る人に聞くばかりのことで、何を見たいと思ふても最早《もはや》我が力に及ばなくなつた。そこで自分の見た事のないもので、ちよつと見たいと思ふ物を挙げると、

一、活動写真

一、自転車の競争及び曲乗
一、動物園の獅子《しし》及び駝鳥《だちょう》
一、浅草水族館
一、浅草花屋敷の狒々《ひひ》及び獺《かわうそ》
一、見附《みつけ》の取除け跡
一、丸の内の楠公《なんこう》の像
一、自働電話及び紅色郵便箱
一、ビヤホール
一、女剣舞及び洋式演劇
一、鰕茶袴《えびちゃばかま》の運動会
など数ふるに暇《いとま》がない。

(五月二十六日)

十五

○『狂言記』といふ書物を人から借りて二つ三つ読んで見たが種々な点において面

白い事が多い。狂言といふものは、どういふ工合《ぐあい》に発達したか十分には知らぬが、とにかく能楽と共に舞台に上る処《ところ》を見ると能楽がやや高尚で全く無学の者には解せられぬ処があるから、能楽の真面目《まじめ》なる趣味、古雅なる趣味に反対して、滑稽《こっけい》なる趣味、卑俗なる趣味をもつて俗人に解せしめるやうに作られたのである。しかし昔の中楽《さるがく》とか田楽《でんがく》とか言ふものの趣味は能楽よりもかへつて狂言の方に多く存して居るかも知れぬ、少《すく》なくとも彼ら古楽の趣味が半ばは能楽となつて真面目なる部分を占領し、半ばは狂言となりて滑稽なる部分を占領したのであらう。そこでこの狂言といふものには時代の古いものがあるかも知れないが、先《ま》づ普通には足利《あしかが》の中頃より徳川の初めまでに出来たものかと思はれる。従つて狂言はその時代の風俗及び言葉を現はして居るものとして見るとなほ面白い事が多い。狂言の趣味はしばらく論ぜずにただ歴史的の観察上面白い事は、たとへばここに「スハジカミ」といふ狂言を取つて見ようならば、これは酢売と薑売《はじかみうり》との事であつて二人が互ひに自分の売物に勿体《もったい》をつけるといふ趣向である。これを見るとその頃酢売とか薑売とかいふものがあつて、町を売歩行《うりある》いて居つたといふ事がわかる。しかもその酢売は和泉《いずみ》の国と名乗り、薑売は山城《やましろ》の国と名乗つて居る処を見ると、これらの処が酢または薑の産地であつた事もわかる。それから酢は竹筒に入れてあつて、それを酢筒と名付け、薑は藁《わら》ヅトの中に入れてある。それからその言葉を見るに、酢の売言葉は「スコン」と言ひ、薑の売言葉は「ハジカミコン」といふなど何となく興味がある。この「コン」といふ言葉は意味のある言葉かどうか善く分らないが、あるいは「買はう」といふ言葉のつまつたのかとも思はれる。また「シヤウバイ」とも言ひ「アキナヒ」ともいふを見れば、この時代から既に両方の言葉が用ゐられて居つたのが分る。また酢売が薑売に対して「オヌシ」といひ、薑売が酢売に対して「ソチ」といふのを見ても当時の二人称には斯様《かよう》な言葉を用ゐたのである。余の郷里(伊予)なぞにては余の幼き頃までなほ「オヌシ」または「ソチ」などいふ二人称が普通語に残つて居つた。また薑売の言葉に「コノワラヅトウナドニハ、イカウケイヾヾノアルモノヂヤ」といふて居る。而《しか》してその「ケイヅ」といふのは昔生薑売《しょうがうり》が禁中に召されて何々といふ歌を下されたといふ事なのである。シテ見るとこの「ケイヅ」といふ言葉は誇るべき由緒といふやうな事を意味する当時の俗言であつたと見える。また

「スキハリシヤウジ」、「カラカミシヤウジ」などいふ言葉があるのを見ると、今いふ紙張の障子のことを「スキハリシヤウジ」と言ひ、今いふ「カラカミ」の事を「カラカミシヤウジ」といふたのである。そのほか、風俗言語の上に、なほいろいろと変つた事があるやうであるが、よくよく研究せねばわれわれには分らぬ事が多い。追々《おいおい》分つて来たらばいよいよ面白いに違ひない。（五月二十七日）

十六

○病勢が段々進むに従つて何とも言はれぬ苦痛を感ずる。それは一度死んだ人かもしくは死際にある人でなければわからぬ。しかもこの苦痛は誰も同じことと見えて黒田《くろだ》如水《じょすい》などといふ豪傑さへも、やはり死ぬる前にはひどく家来を叱《しか》りつけたといふことがある。この家来を叱ることについて如水自身の言ひわけがあるが、その言ひわけは固《もと》より当《あて》になつたものではない。畢竟《ひっきょう》は苦しまぎれの小言と見るが穏当であらう。陸奥《むつ》福堂《ふくどう》も死際には頻《しき》りに細君を叱つたさうだし、高橋自恃居士《じじこじ》も同じことだつたといふし、して見ると苦しい時の八つ当りに家族の者を叱りつけるなどは余一人ではないと見える。越後の無事庵といふは一度も顔を合したことはないが、これも同病相憐《あいあわれ》む中であるので、手紙の上の問ひ訪づれは絶えなかつたが、ことし春終《つい》に空《むな》しくなつてしまふた。その弟の、人その遺子木公《もっこう》と共に近頃わが病床を訪づれて、無事庵生前の話を聞いたが、かくまでその容体の能《よ》く似ることかと今更に驚かれる。一、二の例を挙ぐれば、寸時も看病人を病床より離れしめぬ事、凡《すべ》て何か命じたる時にはその詞《ことば》のいまだ絶えざる中に、その命令を実行せねば腹の立つ事、目の前に大きな人など居れば非常に呼吸の苦痛を感ずる事、人と面会するにも人によりて好きと嫌ひとの甚だしくある事、時によりて愉快を感ずると感ぜざるとの甚だしくある事、敷蒲団《しきぶとん》堅ければ骨ざはり痛く、敷蒲団やはらかければ身が蒲団の中に埋もれてかへつて苦しき事、食ひたき時は過度に食する事、人が顔を見て存外に痩《や》せずに居るなどと言はれるのに腹が立ちて火箸《ひばし》の如《ごと》く細りたる足を出してこれでもかと言ふて見せる事、凡《およ》そこれらの事は何一つ無事庵と余と異なる事のないのは病気のためとは言へ、不思議に感ぜられる。この日はかかる話を聞きしために、その時まで非常に苦しみつつあつたものが、遽《にわか》に愉快になりて快き昼飯を食ふたのは近頃嬉《うれ》しかつた。

無事庵の遺筆など見せられて感に堪へず、われも一句を認《したた》めて遺子木公に示す。

鳥の子の飛ぶ時親はなかりけり　（五月二十八日）

十七

○甲州の吉田から二、三里遠くへ這入《はい》つた処《ところ》に何とかいふ小村がある。その小村の風俗習慣など一五坊に聞いたところが甚だ珍しい事が多い。一、二をいふて見ると、

総《すべ》てこの村では女が働いて男が遊んで居る。女の仕事は機織《はたお》りであつて即《すなわ》ち甲斐《かい》絹《き》を織り出すのである。その甲斐絹を織る事は存外利の多いものであつて一疋《いっぴき》に二、三円の利を見る事がある。尤《もっと》も一疋織るには三日ほどかかる、しかしこの頃は不景気で利が少《すくな》いといふ事である。一家の活計はそれで立てて行くのであるから従つて女の権利が強くかつ生計上の事については何もかも女が弁じる事になつて居る。男の役といふは山へ這入つて薪《たきぎ》を採つて来るといふ位の事ぢやさうな。

甲斐絹の原料とすべき蚕《かいこ》はやはりその村で飼ふては居るがそれだけでは原料が不足なので、信州あたりから糸を買ひ入れて来るさうな。その出来上つた甲斐絹は吉田へ行つて月に三度の市に出して売るのである。

甲斐絹のうちでも蝙蝠傘《こうもりがさ》になる者は無論織り方が違ふ。

機《はた》を織るものは大方娘ばかりであつて既に結婚したほどの女は大概機を織るまでの拵《こしら》へにかかつて居る。それがために娘を持つて居る親は容易にその娘の結婚を許さない。なるべく長く(二十二、三までも)自分の内に置いて機を織らせる。その結果は不品行な女も少くないといふ事である。

古来の習慣として男子が妻《めと》らうと思ふ時には先《ま》づ自分の好きな女に直接に話し合ふて見る。その女が承諾したらばそれから仲人《なこうど》の如《ごと》きものをして双方の親たちに承諾せしむるのである。女の親が承諾しないといふやうな場合には男は数多《あまた》の仲間を語らひてその女をかどはかし何処かに隠してしまふといふやうな事がある。しかしこの頃ではさういふ事が少くなつたさうな。

この村は桑園菜畑抔《など》は多少あるが水田はない、また焼石が多くて木も草もないやうな処がある。

この辺の習慣では他人の山林へ這入つて木を樵《こ》つて来ても咎《とが》めないのである。柿《かき》の木などがあればその柿の実は誰でも勝手に落して食ふ。干柿などがあればその干柿を取つて来て食ふ。さうして何某の内の柿を取つて食ふたといふ事を公言して憚《はばか》らないさうな。

この辺は勿論《もちろん》食物に乏しいので、客が来ても御馳走《ごちそう》を出すといふ場合には必ず酒を出すのである。下物《さかな》は菜漬位である。女でも皆大酒であるといふ事ぢや。

この辺は固《もと》より寒い処なのでその火燵《こたつ》は三尺四方の大きさである。しかし寝る時は火燵に寝ないで別に設けてある寝室に行て寝る。その寝室は一人々々に一室《いっ》づつ備はつて居る狭い暗い処であつて蒲団は下に藁蒲団《わらぶとん》を用ゐ、別に火を入れる事はない。さうしてその蒲団は年が年中敷き流しである。(寝室の別にあるところは西洋に似て居る。)

寝室に限らず余り掃除をする事がない。

客が来ても客に煙草盆《たばこぼん》を出すことはないさうな。もし客が巻煙草でも飲まうと思へば其処《そこ》にある火燵で火を附けるか、または自らマッチを出して火を附けるかする。その吹殻《すいがら》の灰を畳のへりなどへはたき落して置いて平気のものである。

前いふたやうに機織の利が多いのにほかにこれといふ贅沢《ぜいたく》の仕様もないので、こんな辺鄙《へんぴ》の村でありながら割合に貧しくないといふ事である。

この村には癩病《らいびょう》は多い。それがためかどうかは知らぬが、今までは一切他の村と結婚などはしなかつたといふ事である。

（五月二十九日）

十八

○文人の不幸なるもの寧斎《ねいさい》第一、余第二と思ひしは二、三年前の事なり、今はいづれが第一なるか知らず。

○種竹山人《しゅちくさんじん》長崎より一封を寄せ来る。開き見れば詩あり。

崎陽客次《きようのきゃくじ》。閲国民新報所載。虚子《きょし》俳諧日記。叙子規子近状。黯然《あんぜん》
久之《これをひさしうす》。
因賦一絶《よっていちぜつをふし》。遥贈子規《はるかにしきにおくり》。併似虚子《あわせてきょしにしめす》。

松魚時節酔湘醽《しょうれいにょう》。衆葉如煙入眼《けむりのごとくまなこにいって》青。不寐思君過夜半《いねずしてきみをおもいやはんをすぐ》。天辺何処《いずれのところか》子規亭。

(五月三十日)

十九

○立斎広重《りゅうさいひろしげ》は浮世画家中の大家である。その景色画は誰もほかの者の知らぬ処《ところ》をつかまへて居る。殊に名所の景色を画くには第一にその実際の感じが現はれ、第二にその景色が多少面白く美術的の画になつて居らねばならぬ。広重は慥《たしか》にこの二カ条に目をつけてかつ成功して居る。この点において已《すで》に彼が凡画家でないことを証して居るが、なほそのほかに彼は遠近法を心得て居た。即《すなわ》ち近いものは大きく見えて、遠いものは小さく見えるといふことを知つて居た。これは誰でも知つて居るやうなことであるが、実際に画の上に現はしたことが広重の如《ごと》く極端なるものはほかにない。例へば浅草の観音の門にある大提灯《おおぢょうちん》を非常に大きくかいて、本堂は向ふの方に小さくかいてある。目の前にある熊手の行列は非常に大きくかいてあつて、大鷲《おおとり》神社は遥《はる》かの向ふに小さくかいてある、鎧《よろい》の渡しの渡し舟は非常に大きくかいてあつて、向ふの方に蔵が小さくかいてある。といふやうな著しい遠近大小の現はしかたは、日本画には殆《ほとん》どなかつたことである。広重はあるいは西洋画を見て発明したのでもあらうか。とにかく彼は慥に尊ぶべき画才を持ちながら、全く浮世絵を脱してしまふことが出来なかつたのは甚だ遺憾である。浮世絵を脱しないといふことはその筆に俗気の存して居るのをいふのである。

（五月三十一日）

二十

○広重の『草筆画譜』といふものを見るに蕙斎《けいさい》の蕙斎略画式の斬新《ざんしん》なのには及ばないが、しかし一体によく出来て居る。今その『草筆画譜』の二編といふのを見付け出して初めから見て行くと多少感ずる所があるので必ずしも画の評といふ訳ではないが一つ二つ挙げて見よう。

毎年正月には麓《ふもと》より竹籠《たけかご》に七草を植ゑたのを贈つて来るから、これは明治になつての植木屋の新趣向であらうと思ふて居たら、この『草筆画譜』（嘉永《かえい》三年出版）にも同じやうな画が出て居る。足の三本ついた竹籠に何か小さいものが植ゑてあつてその中に木札が四、五枚立つて居る、さうしてその籠の傍には羽子板が一つ置いてあるのを見ると、この籠の中に植ゑてあるものは慥《たしか》に七草に違ひない。かかる気の利いた贈物は江戸では昔からあつたものと見える。

同じ本に亀戸《かめいど》神社の画があるが、これは鳥居と社《やしろ》とばかりであつてその傍に木立と川とがある。さうしてその近辺には家も何もない、今とは形勢が非常に変つて居たものと見える。

同じ本に二《に》寸角《すんかく》ばかりの中に女郎花《おみなえし》が画いてある。その女郎花の画き方が前の方にある一、二本はその草の上半即《すなわ》ち花の処《ところ》が画いてある。さうしてその画の後部即ち上の方には女郎花の下半即ち下の方の茎と葉とばかりの処が二、三本画いてある。これは極めて珍しい画き方と思ふが果して広重の発明であるか、あるいは光琳《こうりん》などでも画いて居る事があらうか、あるいは西洋画からでも来て居るであらうか。

同じ本に大月原と題する画がある、これは前に突兀《とっこつ》たる山脈が長く横《よこた》はつてその上に大きな富士が白く出て居る所である。富士の画などはとかく陳腐になりまた嘘《うそ》らしくなるものであるが、この画の如《ごと》く別に珍しい配合もなくしてかへつて富士の大きな感じが善く現はれて居るのは少《すくな》い。

同じ本に鵜飼《うかい》の画がある、それは舟に乗つた一人の鵜匠が左の手に二本の鵜縄を持つて右の手に松火《たいまつ》を振り上げて居る。鵜飼の事は十分に知らぬけれど、これでは鵜縄を引上げる事が出来ぬやうに思ふが、それとも実際かういふ方法もあつたのであらうか。

（六月一日）

二十一

○余は今まで禅宗のいはゆる悟りといふ事を誤解して居た。悟りといふ事は如何《いか》なる場合にも平気で死ぬる事かと思つて居たのは間違ひで、悟りといふ事は如何なる場合にも平気で生きて居る事であつた。

○因《ちな》みに問ふ。狗子《くし》に仏性《ぶっしょう》ありや。曰《いわく》、苦。

また問ふ。祖師西来の意は奈何《いかん》。曰、苦。

また問ふ。……………………。曰、苦。

（六月二日）

二十二

○大阪の露石《ろせき》から文鳳《ぶんぽう》の『帝都雅景一覧』を贈つてくれた。これは京の名所を一々に写生したもので、その画に雅致のあることはいふまでもなく、その画がその名所の感じをよく現はして居ることは自分のかつて見て居る処《ところ》の実景に比較して見てわかつて居る。他の処も必ず嘘《うそ》ではあるまいと思ふ。応挙《おうきょ》の画いた嵐山《あらしやま》の図は全くの写生であるが、そのほか多くの山水は応挙といへども、写生に重きを置かなかつたのである。そのほか四条派《しじょうは》の画には清水《きよみず》の桜、栂《とが》の尾《お》の紅葉《もみじ》などいふ真景を写したのがないではないやうであるが、しかしそれは一小部分に止《とど》まつてしまつて、全体からいふと景色画は写生でないのが多い。しかるに文鳳が一々に写生した処は日本では極めて珍しいことといふてよからう。その後広重が浮世絵派から出て前にもいふたやうに景色画を画いたといふのは感ずべき至りで文鳳と併《あわ》せて景色画の二大家とも言つてよからう。ただその筆つきに至つては、広重には俗な処があつて文鳳の雅致が多いのには比べものにならん。しかし文鳳の方は京都の名所に限られて居るだけにその画景が小さいから、今少し宏大《こうだい》な景色を画かせたらその景色の写《うつ》し工合《ぐあい》が広重に比して果してうまくいくであらうかどうであらうか、文鳳の琵琶湖《びわこ》一覧といふ書があるならば、それには大景もあるかも知れんが、まだ見たことがないからわからん。

（六月三日）

二十三

○欧洲に十年ばかりも居て帰つて来た人の話に

今では世界中で日本ほど恐ろしい国はないと西洋人は思ふて居るであらう。日本の政治家は腐敗して居るとか、官吏が収賄《しゅうわい》して居るとか、議員が買収せられたとか、華族が役にたたんとか、とにかく上流社会に向つてはいくらの非難があるとしても、下等社会が悉《ことごと》く慥《たし》かである。将校にはいくら腐敗したものが多くとも、兵卒は皆愛国の民である、かういふ風に一国の土台となるべき下等社会が慥かであれば、その国の亡《ほろ》びる気遣はない。もしこの上に進歩して行《いっ》たならば日本はどんなことを仕出来《しでか》すかも知れない。何処の国でも恐らくは日本の将来を恐れて居らぬ者はなからう。

ところが西洋の社会を見ると、日本とは反対に上流社会即《すなわ》ち紳士なる者は皆立派なる人たちであるが、下流社会即ち一般の人民は皆腐敗して居る。下等社会に愛国心のあるなどといふのは一人もない。言はば利のために集まつて居るやうなものである。

西班牙などは最も甚だしく乱れて居る国であるが人民が少しもその政府を信用して居らぬために、金のある者も自分の国の公債を買はずに信用ある外国の公債を買ふ。別荘を建てるのにも自分の国へ建てずに外国へ建てて置くといふ次第である。

仏蘭西なども到底共和政治で持切つて行く事は出来まい。仏蘭西《フランス》の下等社会も今の政府に対して余り信用を置いて居ない。

独逸はさすがに今日勃興《ぼっこう》しつつある勢は盛《さかん》で、この国の下等社会は他国ほど腐敗せずに居る。

英国もやはり衰へて行く方であらう。

露西亜はえらい。

土耳其は殆《ほとん》ど滅びて居る。

和蘭もやはり老衰でしかたがない。

白耳義は奇妙な国で陸海軍のない、ただ商工業を以《もっ》て成立つて居る国である。天子様も商売は上手で、非常な金持であるためにほかの者は心服しなくとも、少《すく》なくも商人だけは一目を置いて居る。先日廃せられた有名な公許賭博場《とばくじょう》も、天子様が一大華客である、などと噂《うわさ》せられるほどのことである。この国の鉄道は有名なもので、これは悉く国有である。この頃は日本からも商業上の留学生をこの国へ出すやうになつたが、黒田の話では画の修業も、この国へ留学させたらよからうといふて居た。

要するに新たに勃興した国は総《すべ》て勢が強く、古い国は多くは腐敗して衰運に傾きつつあるやうに見える。

それから大国と小国との関係について、例へば丁抹《デンマーク》とかいふやうな兵力のない国は、大国に対して少しも頭が上らないであらうと思ふやうであるが、実際はそれほどでもないものである。何か国際上の問題が起つた際にも、小国の方では自分が小国であるから大国に馬鹿にされるのであるといふやうなひがみ根性を起して、存外に手強《てごわ》く談判を持込むやうなことがある。日本でも事によると自分の弱いのを気にして、かへつて大国に向つて強く突込んで行く事がないでもない。

権利とか平等とかいふけれど、日本ほど下等社会の権利が主張せられる処は西洋には少いであらう。日本では下等社会の奴が巡査の前で堂々と自己の権利を言ひ張つて何処までも屈しないといふやうなのがあるが、西洋では上等社会と下等社会と喧嘩《けんか》したらば、如何《いか》なる場合でも上等社会が勝つに極《きま》つて居る。よき着物を着たものと汚ない着物を着たものと喧嘩したらば、よき着物を着た方が巡査の前へ出ても必ず勝つことに極つて居る。（六月四日）

二十四

○近作数首。

悼清国蘇山人

陽炎《かげろう》や日本の土にかりもがり

送別

君を送る狗《えの》ころ柳《やなぎ》散る頃に

欧羅巴《ヨーロッパ》へ行く人の許《もと》へ根岸の笹《ささ》の雪《ゆき》を贈りて

日本の春の名残や豆腐汁

無事庵久しく病に臥《ふ》したりしが此頃みまかりぬと聞きて

時鳥《ほととぎす》辞世の一句無かりしや

鳴雪翁《めいせつおう》の書画帖に拙《つたな》くも瓶《びん》中の芍薬《しゃくやく》を写生して自ら二句を賛す

芍薬の衰へて在り枕許

芍薬を画く牡《ぼ》丹《たん》に似も似ずも

謡曲殺生石《せっしょうせき》を読みて口占数句

玉虫の穴を出《い》でたる光りかな

化物の名所通るや春の雨

殺生石の空や遥《はる》かに帰る雁《かり》

（六月五日）

二十五

○近頃芳菲《ほうひ》山人《さんじん》が梟《ふくろう》の鳴声を聞かんと四方の士に求められけるに続々四方より報知ありて色々面白い鳴声もあるやうであるが、大体は似て居るかと思はれる。わが郷里予州松山では、梟が「フルツク、ホーソ」となけば雨が降る「ノリツケ、ホーソ」と鳴けば明日の天気は晴であるといふ天気予報に見られて居る、さうして梟の事をば俗にフルツクといふ。俳句ではこれを冬の部に入れてあるが、それは恐らくは

梟は眠る所をさゝれけり　猿雖《えんすい》

といふ句が『猿蓑《さるみの》』の冬の部に入れられたから始まつたのであらう、従つて木兎《みみずく》もやはり同じ事に取扱はれて居るが、『貞享式《じょうきょうしき》』に「古抄《こしょう》は秋の部に入れたれど渡り鳥にもあらず、色鳥にもあらず、まして鳴声の物凄《ものすご》きは寒さを厭《いと》へる故にとや、決して冬と定むべし」とあるけれど、梟は元来何時の時候をよく鳴くものであるか、余の経験によると、上野の森では毎年春の末より秋の半ばへかけて必ず梟が鳴く、

これは余が根岸に来て以来経験する所であるが、夏の夕方、雉子町《きじちょう》を出でて、わが家への帰るさ、月が涼しく照して気持のよい風に吹かれながら上野の森をやつて来ると、音楽学校の後ろあたりへ来た時に必ずそのフルツクホーソの声を聞く事であつた。毎晩大概同じ見当で鳴くやうではあるが、しかしどの辺の木で鳴くのか其処《そこ》まで研究したことはない。病に寝て後《の》ちもやはり例の鳴声は根岸まで聞えるので、この頃でも病床で毎晩聞いて居る。日の晩《く》れから鳴き出して夜更けにも鳴くことがあるが時としては二羽のつれ鳴に鳴く声が聞える事がある。またある時はわが庭の木近くへ来て鳴く事もあるが、余り近く鳴かれるとさすがに物凄く感じる。さうして秋の半ばやや夜寒の頃になると何時も鳴かなくなつてしまふ。して見ると上野には秋の半ばまで棲《す》んでゐて、それからよそへ転居するのであらうか、または上野に居るけれども鳴かなくなるのであらうか、物知りに教へてもらひたいのである。

この鳥の鳴声の事をいふと余は何時もコルレツヂのクリスタベルを連想する。

And the owls have awakened the crowing cock !
Tu-whit ! —Tu-whoo !

（六月六日）

二十六

○今日只今《ただいま》(六月五日午後六時)病床を取巻いて居る所の物を一々数へて見ると、何年来置き古し見古した蓑《みの》、笠《かさ》、伊達正宗《だてまさむね》の額、向島百花園《むこうじまひゃっかえん》晩秋の景の水画《みずえ》、雪の林の水画、酔桃館蔵沢《すいとうかんぞうたく》の墨竹、何も書かぬ赤短冊《あかたんざく》などのほかに、写真双眼鏡、これは前日活動写真が見たいなどといふた処《ところ》から気をきかして古洲《こしゅう》が贈つてくれたのである。小金井の桜、隅田の月夜、田子《たご》の浦《うら》の浪《なみ》、百花園の萩《はぎ》、何でも奥深く立体的に見えるので、ほかの人は子供だましだといふかも知れぬが、自分にはこれを覗《のぞ》くのが嬉《うれ》しくて嬉しくて堪《たま》らんのである。

河豚提灯《ふぐちょうちん》、これは江の島から花笠《かりゅう》が贈つてくれたもの、それを頭の上に吊《つる》してあるので、来る人が皆豚《ぶた》の膀胱《ぼうこう》かと間違へるのもなかなか興がある。

喇嘛《ラマ》教の曼陀羅《まんだら》、これは三尺に五尺位な切れで壁にかけるやうになつて居る。その中央一ぱいに一大円形を画き、その円形の内部に正方形を画き、その正方形の内部に更に小円形を画き、その円形の中に小さな仏様が四方四面に向き合ふて画いてある。そのあたりには仏具のやうな物や仏壇のやうなものがやはり幾何学的に排列せられて居る。また大円形の周囲には、仏様や天部の神様のやうなものや、紫雲や、青雲や、白雲や、奇妙な赤い髷括《まげくく》りのやうなものが附いて居る樹木や、種々雑多の物が赤青白黄紫などの極彩色で画いてある極めて精巧なものである。

大津絵二枚、これは五枚の中のへげ残りが襖《ふすま》に貼られて居る。四方太《しほうだ》が大津から買ふて来た奉書摺《ほうしょずり》のものである。今あるのは猿が瓢簞《ひょうたん》で鯰《なまず》を押へとる処と、大黒が福禄寿《ふくろくじゅ》の頭へ梯子《はしご》をかけて月代《さかやき》を剃《そ》つて居る処《ところ》との二つである。

丁字簾《ちょうじすだれ》一枚、これは朝鮮に居る人からの贈物で座敷の縁側にかかつて居る。この簾を透《すか》して隣の羯翁《かつおう》のうちの竹藪《たけやぶ》がそよいで居る。

花菖蒲《はなしょうぶ》及び蠅取撫子《はえとりなでしこ》、これは二、三日前、家の者が堀切《ほりきり》へ往《いっ》て取つて帰つたもので、今は床の間の花活《はないけ》に活けられて居る。花活は秀真《ほつま》が鋳《い》たのである。

美女桜、ロベリヤ、松葉菊及び樺色《かばいろ》の草花、これは先日碧梧桐《へきごとう》の持つて来てくれた盆栽で、今は床の間の前に幷《なら》べて置かれてある。美女桜の花は濃紅、松葉菊の花は淡紅、ロベリヤは菫《すみれ》よりも小さな花で紫、他の一種は苧環草《おだまきそう》に似た花と葉で、花の色は凌霄花《のうぜんかずら》の如《ごと》き樺色である。

黄百合《きゆり》二本、これは去年信州の木外から贈つてくれたもので、諏訪《すわ》山中の産ぢやさうな。今を盛りと庭の真中に開いて居る。

美人草、よろよろとして風に折れさうな花二つ三つ。

銭葵《ぜにあおい》一本、松の木の蔭《かげ》に伸びかねて居る。

薔薇《ばら》、大方は散りて殷紅色《あんこういろ》の花が一、二輪咲残つて居る。

そのほか庭にある樹《き》は椎《しい》、樫《かし》、松、梅、ゆすら梅、茶など。

枕許《まくらもと》にちらかつてあるもの、絵本、雑誌等数十冊。置時計、寒暖計、硯《すずり》、筆、唾壺《だこ》、汚物入れの丼鉢《どんぶりばち》、呼鈴《よびりん》、まごの手、ハンケチ、その中に目立ちたる毛繻子《けじゅす》のはでなる毛蒲団《けぶとん》一枚、これは軍艦に居る友達から贈られたのである。(六月七日)

二十七

○枕許《まくらもと》に『光琳《こうりん》画式』と『鶯邨《おうそん》画譜』と二冊の彩色本があつて毎朝毎晩それをひろげて見ては無上の楽として居る。ただそれが美しいばかりでなくこの小冊子でさへも二人の長所が善く比較せられて居るのでその点も大《おおい》に面白味を感ずる。殊に両方に同じ画題(梅、桜、百合《ゆり》、椿《つばき》、萩《はぎ》、鶴《つる》など)が多いので比較するには最も便利に出来て居る。いふまでもないが光琳は光悦《こうえつ》、宗達《そうたつ》などの流儀を真似《まね》たのであるとはいへとにかく大成して光琳派といふ一種無類の画を書き始めたほどの人であるから総《すべ》ての点に創意が多くして一々新機軸を出して居るところは殆《ほとん》ど比肩すべき人を見出せないほどであるから、とても抱一《ほういつ》などと比すべきものではない、抱一の画の趣向なきに反して光琳の画には一々意匠惨憺《さんたん》たる者があるのは怪しむに足らない。そこで意匠の点は姑《しばら》く措《お》いて筆と色との上から見たところで、光琳は筆が強く抱一は筆が弱い、色においても光琳が強い色殊《こと》に黒い色を余計に用ゐはせぬかと思はれる。従つて草木などの感じの現はれ方も光琳はやはり強い処《ところ》があつて抱一はただなよなよとして居る。この点においては勿論《もちろん》どちらが勝つて居ると一概にいふ事は出来ぬ。強い感じのものならば光琳の方が旨《うま》いであらう。弱い感じのものならば抱一の方が旨いであらう。それから形似《けいじ》の上においては草木の真を写して居る事は抱一の方が精密なやうである。要するに全体の上において画家としての値打は勿論抱一は光琳に及ばないが、草花画かきとしては抱一の方が光琳に勝つて居る点が多いであらう。抱一の草花は形似の上においても精密に研究が行届いてあるし輪郭の画き工合《ぐあい》も光琳よりは柔《やわら》かく画いてあるし、彩色もまた柔かく派手に彩色せられて居る。或人《あるひと》はまるで魂のない画だといふて抱一の悪口をいふかも知れぬが、草花の如《ごと》きは元来なよなよと優しく美しいのがその本体であつて魂のないところがかへつて真を写して居るところではあるまいか、この二小冊子を比較して見ても同じ百合の花が光琳のは強い線で画いてあり抱一のは弱い線で画いてある。同じ萩の花でも光琳のは葉が硬いやうに見えて抱一のは葉が軟《やわら》かく見える。つまり萩のやうな軟かい花は抱一の方が最も善く真の感じを現はして居る。『鶯邨画譜』の方に枝垂《しだ》れ桜《ざくら》の画があつてその木の枝を僅《わず》かに二、三本画いたばかりで枝全体には悉《ことごと》く小さな薄赤い蕾《つぼみ》が附いて居る。その優しさいぢらしさは何ともいへぬ趣があつてかうもしなやかに画けるものかと思ふほどである。『光琳画式』の桜はこれに比するとよほど武骨なものである。しかしながら『光琳画式』にある画で藍色《あいいろ》の朝顔の花を七、八輪画きその下に黒と白の狗《いぬ》ころが五匹ばかり一所になつてからかひ戯れて居る意匠などといふものは別に奇想でも何でもないが、実にその趣味のつかまへ処はいふにいはれぬ旨味《うまみ》があつて抱一などは夢にもその味を知る事は出来ぬ。

（六月八日）

二十八

○長崎にては昔から支那料理の事を「シツポク」といふげな。何故といふことは分らぬ。食卓といふ字の音でもあるまい。余の郷里にては饂飩《うどん》に椎茸《しいたけ》、芹《せり》、胡蘿蔔《にんじん》、焼あなご、くずし（蒲鉾《かまぼこ》）など入れたるをシツポクといふ。これも支那伝来の意であらう。麺類《めんるい》は総《すべ》て支那から来たものと見えて皆漢音を用ゐて居る。メン（麺）ソーメン（索麺）ニユーメン（乳麺かこの語漢語か何か知らぬ）メンボー（麺棒）ウンドン（饂飩）の類皆これである。それになほ面白い事は夜間饂飩蕎麦《そば》など売りに来る商人が地方によりて「ハウハウ」と呼ぶ事である。この「ハウ」は支那語の好の字にてハウハウは即《すなわ》ち好々といふ意になる。支那では一般に好的、好々などいふてあたかも我邦《わがくに》の「善い」「上等」などいふ処《ところ》に用ゐる。

○ソーメンを素麺と書くは誤つて居る。やはり「索麺」と書く方が善い。索「ナ

ハ」の如《ごと》き麺の意であらう。　（六月九日）

二十九

○魚を釣るには餌《えさ》が必要である。その餌は魚によつて地方によつてよほど違ひがあるやうであるがわが郷里伊予などにては何を用ゐるかと、その道の人に聞くに

蚯蚓　を用ゐるものは鮠釣《ハヤつり》、鮒釣《ふなつり》、ドンコ釣、ゲイモ釣、鰻釣《うなぎつり》、手長海老釣《てながえびつり》、スツポン釣

川海老　を用ゐるものは鮠釣、ゲイモ釣、ギゾ釣

エブコ（野葡萄《のぶどう》の如《ごと》き野草の茎の中に棲《す》む虫）を用ゐるものは鮠釣

ギスゴ、ハタハタ　を用ゐるものは鮠釣

蚕　を用ゐるものは鮠釣

セムシ（川の浅瀬の石に蜘蛛《くも》のやうな巣を張りて住む大きなものと川の砂の中に砂を堅めて小さき筒状の家を作りて住む形の小さなものとの二種類ある）を用ゐるものは鮠釣

田螺　を用ゐるものは手長海老
赤蛙《アカヒキ》　を用ゐるものは鯰釣《なまずつり》
海の小海老　を用ゐるものは小鯛釣《こだいつり》、メバル釣、アブラメ、ホゴそのほか沖の雑魚釣《ざこつり》
シヤコ　を用ゐるものは小鯛釣
小烏賊　を用ゐるものは大鯛釣
シラサ海老　を用ゐるものは大鯛釣、鱸釣《すずきつり》、チヌ釣
ゴカイ　チヌ釣、雑魚釣

などの如く多くは動物を用ゐるのであるが、中には変則な奴もある、それは鮎《あゆ》を釣るにカガシラ鉤(蚊頭)を用ゐ、鯇を釣るにハイガシラ(蠅頭)を用ゐ、ウルメを釣るにシラベ(白き木綿糸を合せたるもの)を用ゐ、烏賊《いか》を釣るに木製の海老を用ゐる如き類ひである。カガシラとは獣毛を赤黒黄等に染めたる短きものを小さき鉤《はり》につけて金または銀の小さき頭がついてゐる。鮎はこの美しき鉤を見て蚊と思ひあやまりて喰《く》ひつくといふ事である。ハイガシラは獣毛を薄墨色に染めた短いものを鉤につ

けてそれに黒い頭がついてゐる。木製の海老とは木で海老の形に作つた二寸ばかりのもの、尾の所に三本の鋭き鉤が碇形《いかりがた》についてゐる。烏賊はこれを真の海老だと思つて八本の手で抱きつくと鉤は彼の柔《やわら》かな肉を刺すのである。

東京の釣堀なぞでは主に鯉《こい》を釣るのであるが、さてその餌とすべきものは甚だ種類が多い。フカシイモ、ウドン、ゴカイ、ムキミ、ミミズ、サナギを飴糟にて練りたるもの、などを用ゐる。さすがは都の産れだけに東京の鯉は贅沢《ぜいたく》になつてこんなに様々な御馳走《ごちそう》を貪《むさぼ》るのであらうか。地方によつてはこのほかになほ種々の異つた餌があるであらう。

(六月十日)

三十

○窮して而《しか》して始めて一条の活路を得、始めより窮せざるものかへつて死地に陥りやすし。

○釣に巧なるものあり、川の写真を見て曰《いわ》く、この川にはきつと鮎《あゆ》が居ると。

○幕府以来の名家固《もと》より相当の産あり、而してその朝飯は味噌汁《みそしる》と香《こう》の物のほか、また一物を加へず。これを主人に質《ただ》せば、主人曰く、我も余りまづい朝飯とは思へど、古来の習慣今更致方《いたしかた》もなしと。

○蚊が出ても蚊帳《かや》がないといふ者あり。曰くランプを十分に明るくして寝よ。

(六月十一日)

三十一

○高等女学校の教科書に石川雅望《いしかわまさもち》の書きたる文を載せたるに、その文は両国の四ツ・・・・・・目屋といふいかがはしき店の記事にてありしため俄《にわ》かに世間の物議を起し著者を責むるもあれば、文部省の審査官を責むるものもあり、その責めやうにもいくらか程度の寛厳《かんげん》があるやうであるが、余の考へにては世間一般の人が責める所の方面、即《すなわ》ち著者の粗漏《そろう》とか、審査の粗漏とかいふ事でなく、他の方面より責めたいのである。それは著者及び審査官の無学といふ事である。余の臆測にては著者も文部省の審査官等も恐らくは四ツ目屋の何たるを解せずしてこれを書中に引きまたこれを審査済として許可したるものであらうと思はれる。して見れば彼らの無学は終《つい》にこの不都合なる結果を来《きた》したるもので、その無学こそ責むべきものではあるまいか。従来国文学者または和学者などといふものは主に『源氏物語』『枕草子』などの研究にのみ力を用ゐ、近世の事即ち徳川氏以下の事に至つてはこれを単に卑俗として排斥し顧みないために、近世三百年間の文学は全く知らないものが十の八、九に居るのである。今度の四ツ目屋事件もこれを知らなんだといふ事は固《もと》より一小事であつてさのみ咎《とが》むるに足らんやうであるが、その実この事に限らず徳川文学を全く研究しないといふ結果が偶然爰《ここ》に現はれたのであるから余は何処《どこ》までもいはゆる擬古的文学者の無学なのを責めたいのである。殊にその意味さへ解せずしてこれを教科書に引用した教科書著者の乱暴には驚かざるを得ない。この機を以《もつ》て文学者の猛省を促すのである。（六月十二日）

三十二

○道具の贅沢《ぜいたく》などは一切しようと思はぬがただ硯《すずり》ばかりはややよきものをほしいと思つてゐた。しかし二円や三円のはした金では買へぬと聞いてあきらめてゐた。ところがどういふわけだか近頃になつてますますそれがほしくなつたけれど、今更先の知れた身で大金を出すのも余り馬鹿々々しいので仕方なしに在《あ》り来《きた》りの十銭か十五銭の硯ですましてゐると、碧梧桐《へきごとう》がその亡兄黄塔《きとう》の硯を持つて来て貸してくれた。その硯は一面は三方を溝の如《ごと》く彫り、他の一面は芭蕉《ばしょう》の葉を沢山《たくさん》に彫つてある。その石材は余りよいのでもないやうに思はれるがしかし十五銭位の勧工場物《かんこうばもの》とは固《もと》より同日の論ではない上に、黄塔のかたみであることが、何となくなつかしく感ぜられて朝夕枕もとに置いて寝ながらのながめものになつてゐる。

墨汁のかわく芭蕉の巻葉かな
芍薬《しゃくやく》は散りて硯の埃《ほこり》かな
五月雨《さみだれ》や善き硯石借り得たり

（六月十三日）

三十三

○同郷の先輩池内氏が発起にかかる『能楽』といふ雑誌が近々出るさうである。この雑誌は今まさに衰へんとする能楽を興さんがためにその一手段として計画せられたるものであつて、固《もと》より流儀の何たるを問はず、殊に囃子方《はやしかた》などのやうやうに人ずくなになり行くを救はんとするのがその目的の主なるものであるさうな。元来能楽といふものは保存的のものであつて、進歩的のものではないのであるから、今日において改良するといふても、別に改良すべき点はない。ただ時勢と共に多少の改良を要するといふ点は、能役者間に行はれたる従来の習慣のうちで、今日の時勢に適せないものを改良して行く位の事なのである。而《しか》してその能役者間に行はれて居る習慣といふのは、今日からいふと随分馬鹿々々しい事も少《すくな》くはない上に、また今日いはゆる家元なるものが維新後扶持《ふち》を失ふたがために生計の道に窮して種々の悪弊を作り出した事も少くはないのである。これらの悪習慣は一撃に打破つてしまへば何でもないやうな事であるが、その実これをやらうといふには、非常の困難を感ずる。誠に生活問題と関係して居ることは、考へて見れば能役者に対しては気の毒な次第であつて、一方の道を打破する上は、他の一方において相当の保護を与へてやらねばならんのは至当の事である。昔岩倉具視《いわくらともみ》公の存生《ぞんじょう》中には、公が能楽の大保護者として立たれたるがために、一旦《いったん》衰へたる能楽に花が咲いて一時はやや盛んならんとする傾きを示したにかかはらず、公の薨《こう》ぜられた後は誰《だ》れ一人責任を負ふて能楽界を保護する人もないので、遂《つい》に今日の如《ごと》く四分五裂してしまつたのである。たまたま或人《あるひと》が出て能楽界を振はせようとして会などを興した事などもあつたが、とかく流儀争ひなどのために子供のやうな喧嘩《けんか》を始めて折角の計画も遂に画餅《がべい》に属するに至つたのは遺憾な事である。能楽雑誌記者は固よりここに見る所があつて、能楽上の一大倶楽部《クラブ》を起し、天下の有志を集めて依怙《えこ》贔屓《ひいき》なく金春《こんぱる》、金剛《こんごう》、観世《かんぜ》、宝生《ほうしょう》、喜多《きた》などいふ仕手《して》の五流は勿論《もちろん》、脇《わき》の諸流も笛、鼓《つづみ》、太鼓などの囃子方に至るまで、悉《ことごと》くこれを保護しかつ後進を養成せんとする目的をも有せらるると聞くのは甚だ頼もしいことに思はれる。余の考へにては能楽は宮内省の保護を仰ぐかもしくは華族の鞏固《きょうこ》なる団体を作つてこれを保護するか、どちらかの道によらなければ今日これを維持して行くのは、非常の困難であらうと思ふ。また能楽の性質上宮内省または華族団体の保護を仰ぐといふことは不当な要求でもなく、また一方より言へば今日これを特別保護の下《もと》に置くのは宮内省または華族団体のなすべき至当の仕事であらうと信ずる。その代りに能楽界の方においても出来得るだけの改良を図つて、従前の如く能役者はダダをこねるやうな仕打をやめ、諸流の調和を図りまた家元なるものの特権を揮《ふる》ふて後進年少が進んで行かうといふ道を杜絶《とぜつ》することのないやうにしてもらはねばならぬ。一方に生活の道さへ立てば他方において卑しい行なども自《おのずか》ら滅じて行く道理で、一例を言へば能衣裳《のういしょう》の損料貸などいふことが今日ではある一派の能役者の生計の一部になつて居るので、それがために卑劣なる仲間喧嘩の起るのみならず、遂には各派が分裂してしまふほどにも立ち至つたのであるが、かういふことは一方に相当の収入さへあれば自ら消滅して行くであらうと信ずる。なほこのほかにも論ずべきことは沢山《たくさん》あるが、それは後日に譲ることとする。

（六月十四日）

●正誤　「病牀六尺」第十二に文鳳《ぶんぽう》の絵を論じて十六番の右は鳥居の前に手品師の手品を使つて居る処《ところ》であると言つたのは間違ひだといふ説もあるから暫《しばら》く取消す。

「病牀六尺」第二十五に猿雖《えんすい》の句として挙げたのは記憶の誤りであつて、実際は

木兎は眠るところをさゝれけり　　半残

といふ句が『猿蓑《さるみの》』にあるのであつた。このほかにも木兎《みみずく》の句はなほ『猿蓑』に一句

あるが、梟《ふくろう》の句は元禄七年頃の『蘆分船《あしわけぶね》』という俳書に出て居るのが、余が知るうちでは最も古い句である。

とかく病床へ参考書を引出すのが極めて面倒であるために、善い加減な記憶によつて書くのでかういふ誤りを生ずるのであるから、許してもらひたい。

三十四

○床《とこ》の間《ま》に虞美人草《ぐびじんそう》を二輪活《い》けてその下に石膏《せっこう》の我小臥像《わがしょうがぞう》と一つの木彫の猫とが置いてある。この猫は蹲《うずく》まつて居る形で、実物大に出来て居つて、さうして黄色のやうなペンキで塗つてある。このペンキは夜暗い処《ところ》で見ると白く光るやうに出来て居るので、普通のペンキとは違つて居る。これは水難救済会で使用するためにわざわざ英国から取り寄せたのであつて、これを高い標柱に塗つて救難所のある処の海岸に立てて置くと、如何《いか》なる暗夜でも沖に居る難破船からその柱が見えるので、其処《そこ》に救難所のあるといふ事が船中の人にわかるやうになつて居る。これを木彫の猫に塗つて試《こころみ》に台所の隅に置いて見たところがその夜はいつものやうに鼠《ねずみ》が騒がなかつた。しかしただ薄白く光るばかりで勿論《もちろん》猫の形が闇《やみ》に見えるわけでもないから、翌晩などは例の通りいたづら物は荒れ放題に荒れたほどで敢《あえ》てこれが鼠除《ねずみよ》けになるわけではないが、しかし難破船の目標としては多少の効力がある事はいふまでもない。

この水難救済会といふのは難破船を救ふのが目的であつて既に日本の海岸には二、三十カ処の救難所を設けその救難所にはそれぞれ救難の準備が整ふて居るさうである。今日のところではまだ不完全極まるものであつてこの後幾多の設備を要する事であるが、最近の報告によると昨年などは既に一日平均三人を救ふたわけになつて居るさうな。して見るとその効能は極めて大なものであつて日本の如《ごと》く海の多い国ではこの上もなく必要なものであるが、世人が存外にこれに対して冷淡にある如く見えるのは甚だ遺憾である。彼《か》の赤十字社の如きは勿論必要なものであるけれども、しかし今赤十字社がないとして忽《たちま》ち差支《さしつかえ》を生ずるといふほどのものでもない。しかるに田舎の紳士どもはその勲章めいた徽章《きしょう》がほしいわけであるか、あるいは県官らの勧めに余儀なくせられたるわけであるか、今日のところではとにかく非常に盛大なものとなつて、あるいは実用的よりもかへつて虚飾的に流れはせぬかと思ふほどである。水難救済会はその会の目的が日常的のものであつて今日の赤十字社の如く戦時にのみ働くといふやうなものとは性質を異にしてをるにかかはらずかへつて微々として振はんのは県官の誘導も赤十字社の如くあまねく及ばないのであるか、あるいは勲章めきた徽章のないためであるか、何にしても惜しむべき事であると思ふ。少《すく》くとも海に沿ふて居る各県民は振ふて水難救済会の会員となるやうにしたいものである。

（六月十五日）

三十五

○鳥づくしといふわけではないが、昨今見聞した鳥の話をあげて見ると、

一、この頃東京美術学校で三間ほどの大きさの鳶を鋳《い》たさうな、これは記念の碑として仙台に建てるのであるさうながこれ位な大きなフキ物は珍しいと言ふ事である。

一、上野の動物園の駝鳥は一羽死んださうな。その肉を喰《く》ふて見たらば鴫《しぎ》のやうな味がしてそれで余り旨《うま》くなかつたが、その肉の油で揚物をこしらへて見たらこれ

はまた非常に旨かつたといふ事である。

一、押入の奥にあつた剥製《はくせい》の時鳥を出して見たらば、口の内の赤い色の上に埃《ほこり》がたまつて居つた。

一、そこらにある絵本の中から鶴の絵を探して見たが、沢山《たくさん》の鶴《つる》を組合せて面白い線の配合を作つて居るのは光琳《こうりん》。ただ訳もなく長閑《のどか》に並べて画いてあるのは抱一《ほういつ》。一羽の鶴の嘴《くちばし》と足とを組合せてやや複雑なる線の配合を作つてゐるのは公長。最も奇抜なのは月樵《げっしょう》の画で、それは鶴の飛んで居る処を更に高い空から見下した所である。

一、広重《ひろしげ》の東海道続絵といふのを見た所がその中に何処にも一羽も鳥が画いてない。それから同人の五十三駅《つぎ》の一枚画を見た所が原駅《はらじゅく》の所に鶴が二羽田に下りて居り袋井駅《ふくろいじゅく》の所に道ばたの制札の上に雀が一羽とまつて居つた。

一、先日の『日本』に伊予松山からの通信として梟が「トシヨリコイ」と鳴くと書いてあつたが、それは誤りで八幡鳩(珠数《じゅず》カケ鳩《ばと》)が「トシヨリコイ」と鳴くのである。

一、上野の入口へ来ると三層楼の棟の所に雁が浮彫にしてある。それは有名な「雁《がん》鍋《なべ》」である。それから坂本の方へ来ると、或《あ》る鳥屋の屋根に大きな雄鶏の突立つた看板がある。それから根岸へ来ると三島前の美術床屋には剝製《はくせい》の白鷺が石膏《せっこう》の半身像と共に飾つてある。

（六月十六日）

三十六

○信玄と謙信とどつちが好きかと問ふと、謙信が好きぢやといふ人が十の八、九である。梅ケ谷と常陸山とどつちが好きかと問ふと、常陸山《ひたちやま》が好きぢやといふ人が十の八、九である。その好き嫌ひについては、多少の原因がないではないが、多くはただ理窟《りくつ》もなしに、好きぢやといふに過ぎぬ。しかし一般の人は自重的の人よりも、快活的の人を好むといふことが、知らず知らず、その好悪の大原因をなして居るかも知れぬ。余は回向院《えこういん》の角力《すもう》も観たことがないので、贔屓《ひいき》角力などはないがどつちかといふと梅ケ谷の方を贔屓に思ふて居る。さうして子供の時から謙信よりも信玄が好きなやうに思ふ。それはどういふ訳だか自分にも分らぬ。

（六月十七日）

三十七

○明治維新の改革を成就したものは二十歳前後の田舎の青年であつて幕府の老人ではなかつた。日本の医界を刷新したものも後進の少年であつて漢方医はこれに与《あずか》らない。日本の漢詩界を振はしたのもやはり後進の青年であつて天保《てんぽう》臭気の老詩人ではない。俳句界の改良せられたのも同じく後進の青年の力であつて昔風の宗匠はむしろその進歩を妨げようとした事はあつたけれど少しもこれに力を与へた事はない。何事によらず革命または改良といふ事は必ず新たに世の中に出て来た青年の仕事であつて、従来世の中に立つて居つた所の老人が中途で説を飜《ひるがえ》したために革命また改良が行はれたといふ事は殆《ほとん》どその例がない。もし今日の和歌界を改良せんとならばそれは勿論《もちろん》青年歌人の成すべき事であつて老歌人の為《な》し得らるる事ではない。もし今日の演劇界を改良せんとならば、それはむしろ壮士俳優の任務であつて決して老俳優の成し得らるる所ではない。しかるに文学者とも言はるるほどの学者が団十菊《だんじゅうきく》五《ご》などを相手にして演劇の改良を説くに至つては愚と言はうか迂《う》と言はうか実にその眼孔の小なるに驚かざるを得ない。

（六月十八日）

三十八

○爰《ここ》に病人あり。体痛みかつ弱りて身動き殆《ほとん》ど出来ず。頭脳乱れやすく、目くるめきて書籍新聞など読むに由なし。まして筆を執つてものを書く事は到底出来得べくもあらず。而《しか》して傍に看護の人なく談話の客なからんか。如何にして日を暮すべきか、如何にして日を暮すべきか。

（六月十九日）

三十九

○病床に寝て、身動きの出来る間は、敢《あえ》て病気を辛《つら》しとも思はず、平気で寝転んで居つたが、この頃のやうに、身動きが出来なくなつては、精神の煩悶《はんもん》を起して、殆《ほとん》ど毎日気違のやうな苦しみをする。この苦しみを受けまいと思ふて、色々に工夫して、あるいは動かぬ体を無理に動かして見る。いよいよ煩悶する。頭がムシヤムシヤとなる。もはやたまらんので、こらへにこらへた袋の緒は切れて、遂《つい》に破裂する。

もうかうなると駄目である。絶叫。号泣。ますます絶叫する、ますます号泣する。その苦その痛何とも形容することは出来ない。むしろ真の狂人となつてしまへば楽であらうと思ふけれどもそれも出来ぬ。もし死ぬることが出来ればそれは何よりも望むところである、しかし死ぬることも出来ねば殺してくれるものもない。一日の苦しみは夜に入つてやうやう減じ僅《わず》かに眠気さした時にはその日の苦痛が終ると共にはや翌朝寝起の苦痛が思ひやられる。寝起ほど苦しい時はないのである。誰かこの苦を助けてくれるものはあるまいか、誰かこの苦を助けてくれるものはあるまいか。

（六月二十日）

四十

○「如何《いか》にして日を暮らすべき」「誰かこの苦を救ふてくれる者はあるまいか」此《ここ》に至つて宗教問題に到着したと宗教家はいふであらう。しかし宗教を信ぜぬ余には宗教も何の役にも立たない。基督《キリスト》教を信ぜぬ者には神の救ひの手は届かない。仏教を信ぜぬ者は南無阿弥陀仏《なむあみだぶつ》を繰返して日を暮らすことも出来ない。あるいは画本を見て苦痛をまぎらかしたこともある。しかし如何に面白い画本でも毎日々々同じ物を繰返して見たのでは十日もたたぬうちに最早《もはや》陳腐になつて再び苦痛をまぎらかす種にもならない。あるいは双眼写真を弄《もてあそ》んで日を暮らしたこともある。それも毎日見ては段々に面白味が減じて、後には頭の痛む時などかへつて頭を痛める料《しろ》になる。何よりも嬉《うれ》しきは親切なる友達の看護してくれることであるがそれもしばしば出逢ふては、別に新しき話もないので病人も看護人も両方が差向ふて一はただ苦しみ、一はその苦しみを見て心に苦しむやうになる。去年頃までは唯一の楽しみとして居つた飲食の慾《よく》も、今は殆《ほとん》ど消え去つたのみならず、飲食その物がかへつて身体を煩《わずら》はして、それがために昼夜もがき苦しむことは、近来珍しからぬ事実となつて来た。あるいは謡《うたい》を聞きあるいは義太夫《ぎだゆう》を聞いて楽しんだのは去年のことであつたが、今は軍談師を呼んで来ようか、活動写真をやらして見ようかとの友達の親切なる慰めはかへつて聞くさへも頭を痛めるやうになつた。大勢の人を集めて、これと室《へや》を共にすることも苦しみの種である。謡の声、三味線《しゃみせん》の音も遥《はる》かの遠音《とおね》を聞けばこそ面白けれ、枕許《まくらもと》近くにてはその音が頭に響き、甚だしきは我が呼吸さへ他の呼吸に支配せられて非常に苦痛を感ずるやうになつてしまふた。畢竟《ひっきょう》自分と自分の周囲と調和することが甚だ困難になつて来たのである。麻痺剤《まひざい》の十分に効を奏した時はこの調和がやや容易であるが、今はその麻痺剤が十分に効を奏することが出来なくなつた。余は実にかやうな境界《きょうがい》に陥つて居るのである。いつ見ても同じ病苦談、聞く人には馬鹿々々しくうるさいであらうが、苦しい時には苦しいといふよりほかに仕方もなき凡夫の病苦談「如何にして日を暮らすべきか」「誰かこの苦を救ふてくれる者はあるまいか」情ある人我病床に来つて余に珍しき話など聞かさんとならば、謹んで余はために多少の苦を救はるることを謝するであらう。余に珍しき話とは必ずしも俳句談にあらず、文学談にあらず、宗教、美術、理化、農芸、百般の話は知識なき余に取つて悉く《ことごと》興味を感ぜぬものはない、ただ断つて置くのは、差向ふて坐《すわ》りながら何も話のない人である。

（六月二十一日）

四十一

○この日逆上甚だし。新しく我を慰めたるもの

一、果物彩色図二十枚
一、明人《みんじん》画飲中八仙図《はっせんず》一巻（模写）
一、靄崖《あいがい》画花卉《かき》粉本《ふんぽん》一巻（模写）
一、汪淇《おうき》模写山水一巻（模写）
一、煙霞《えんか》翁《おう》筆十八皴法《しゅんぽう》山水一巻（模写）
一、桜の実一籃《ひとかご》
一、菓子麺包《パン》各種
一、菱形《ひしがた》走馬燈一箇《いっこ》
来客は鳴雪《めいせつ》、虚子《きょし》、碧梧桐《へきごとう》、紅緑《こうろく》諸氏。

事項は『ホトトギス』募集文案、蕪村《ぶそん》句集秋の部輪講等。

食事は朝、麺包、スープ等。午《ひる》、粥《かゆ》、さしみ、鶏卵等。晩、飯二碗、さしみ、スープ等。間食、葛湯《くずゆ》、菓子麺包等。

服薬は水薬三度、麻痺剤《まひざい》二度。（六月二十日）

（六月二十二日）

四十二

○今朝起きると一封の手紙を受取つた。それは本郷の某氏より来たので余は知らぬ人である。その手紙は大略左の通りである。

拝啓昨日貴君の「病牀六尺」を読み感ずる所あり左の数言を呈し候

第一、かかる場合には天帝または如来とともにあることを信じて安んずべし

第二、もし右信ずること能《あた》はずとならば人力の及ばざるところをさとりてただ現状に安んぜよ現状の進行に任ぜよ痛みをして痛ましめよ大化のなすがままに任ぜよ天地万物わが前に出没隠現《いんけん》するに任ぜよ

第三、もし右二者共に能はずとならば号泣せよ煩悶《はんもん》せよ困頓《こんとん》せよ而《しか》して死に至らむのみ

小生はかつて瀕死《ひんし》の境にあり肉体の煩悶困頓を免れざりしも右第二の工夫によりて精神の安静を得たりこれ小生の宗教的救済なりき知らず貴君の苦痛を救済し得るや否《いな》を敢《あえ》て問ふ病間あらば乞《こ》ふ一考あれ（以下略）

この親切なるかつ明鬯《めいちょう》平易なる手紙は甚だ余の心を獲《え》たものであつて、余の考も殆《ほとん》どこの手紙の中に尽きて居る。ただ余に在つては精神の煩悶といふのも、生死《しょうじ》出離《しゅつり》の大問題ではない、病気が身体を衰弱せしめたためであるか、脊髄系《せきずいけい》を侵されて居るためであるか、とにかく生理的に精神の煩悶を来《きた》すのであつて、苦しい時には、何とも彼《か》とも致しやうのないわけである。しかし生理的に煩悶するとても、その煩悶を免れる手段は固《もと》より「現状の進行に任せる」よりほかはないのである。号叫し煩悶して死に至るよりほかに仕方のないのである。たとへ他人の苦が八分で自分の苦が十分であるとしても、他人も自分も一様にあきらめるといふよりほかにあきらめ方はない。この十分の苦が更に進んで十二分の苦痛を受くるやうになつたとしてもやはりあきらめるよりほかはないのである。けれどもそれが肉体の苦である上は、程度の軽い時はたとへあきらめる事が出来ないでも、なぐさめる手段がない事もない。程度の進んだ苦に至つては、啻《ただ》になぐさめる事の出来ないのみならず、あきらめて居てもなほあきらめがつかぬやうな気がする。けだしそれはやはりあきらめのつかぬのであらう。笑へ。笑へ。健康なる人は笑へ。病気を知らぬ人は笑へ。

幸福なる人は笑へ。達者な両脚を持ちながら車に乗るやうな人は笑へ。自分の後ろから巡査のついて来るのを知らず路に落ちてゐる財布をクスネンとするやうな人は笑へ。年が年中昼も夜も寐床《ねどこ》に横たはつて、三尺の盆栽さへ常に目より上に見上げて楽しんで居るやうな自分ですら、麻痺剤《まひざい》のお蔭《かげ》で多少の苦痛を減じて居る時は、煩悶して居つた時の自分を笑ふてやりたくなる。実に病人は愚なものである。これは余自身が愚なばかりでなく一般人間の通有性である。笑ふ時の余も、笑はるる時の余も同一の人間であるといふ事を知つたならば、余が煩悶を笑ふ所の人も、一朝地をかふれば皆余に笑はるるの人たるを免れないだらう。咄々《とつとつ》大笑。（六月二十一日記）

（六月二十三日）

四十三

○まだ見たことのない場所を実際見た如《ごと》くにその人に感ぜしめようといふにはその地の写真を見せるのが第一であるがそれも複雑な場所はとても一枚の写真ではわからぬから幾枚かの写真を順序立てて見せるやうにするとわかるであらう。名所旧跡などいふ処《ところ》にはこのやうな写真帖が出来て居る処もあるがその写真帖はただ所々の光景を示したばかりでそれぞれの位置が明瞭しないので甚だその効力が薄い。それでこの種の写真帖には必ず一枚の地図を付けてその中にあるそれぞれの写真の位置と方位とを知らしむるやうにしたらば非常に有益であらうと思ふ。日光を知らぬ人にもこの写真帖を見せればその人は日光へ往《い》つたやうな感じになるであらう。西洋に行くことのできない人でもこの種の写真帖を見たらば西洋へ往つたと同じやうな感じになる事が出来る。比較的簡単で廉価でさうしてこれほど有益なものは他に類が少《すく》いであらう。

(六月二十四日)

四十四

○警視庁は衛生のためといふ理由を以《もっ》て、東京の牛乳屋に牛舎の改築または移転を命じたさうな。そんなことをして牛乳屋をいぢめるよりも、むしろ牛乳屋を保護してやつて、東京の市民に今より二、三倍の牛乳飲用者が出来るやうにしてやつたら、大に衛生のためではあるまいか。

(六月二十五日)

四十五

○写生といふ事は、画を画くにも、記事文を書く上にも極めて必要なもので、この手段によらなくては画も記事文も全く出来ないといふてもよい位である。これは早くより西洋では、用ゐられて居つた手段であるが、しかし昔の写生は不完全な写生であつたために、この頃は更に進歩して一層精密な手段を取るやうになつて居る。しかるに日本では昔から写生といふ事を甚だおろそかに見て居つたために、画の発達を妨げ、また文章も歌も総《すべ》ての事が皆進歩しなかつたのである。それが習慣となつて今日でもまだ写生の味を知らない人が十中の八、九である。画の上にも詩歌の上にも、理想といふ事を称《とな》へる人が少《すく》なくないが、それらは写生の味を知らない人であつて、写生といふことを非常に浅薄な事として排斥するのであるが、その実、理想の方がよほど浅薄であつて、とても写生の趣味の変化多きには及ばぬ事である。理想の作が必ず悪いといふわけではないが、普通に理想として顕《あらわ》れる作には、悪いのが多いといふのが事実である。理想といふ事は人間の考を表はすのであるから、その人間が非常な奇才でない以上は、到底類似と陳腐を免れぬやうになるのは必然である。固《もと》より子供に見せる時、無学なる人に見せる時、初心なる人に見せる時などには、理想といふ事がその人を感ぜしめる事がない事はないが、ほぼ学問あり見識ある以上の人に見せる時には非常なる偉人の変つた理想でなければ、到底その人を満足せしめる事は出来ないであらう。これは今日以後の如《ごと》く教育の普及した時世には免れない事である。これに反して写生といふ事は、天然を写すのであるから、天然の趣味が変化して居るだけそれだけ、写生文写生画の趣味も変化し得るのである。写生の作を見ると、ちよつと浅薄のやうに見えても、深く味はへば味はふほど変化が多く趣味が深い。写生の弊害を言へば、勿論《もちろん》いろいろの弊害もあるであらうけれど、今日実際に当てはめて見ても、理想の弊害ほど甚《はなはだ》しくないやうに思ふ。理想といふやつは一呼吸に屋根の上に飛び上らうとしてかへつて池の中に落ち込むやうな事が多い。写生は平淡である代りに、さる仕損ひはないのである。さうして平淡の中に至味を寓するものに至つては、その妙実に言ふべからざるものがある。

（六月二十六日）

四十六

○ある人のいふ所に依《よ》ると九段の靖国神社の庭園は社殿に向つて右の方が西洋風を摸したので檜葉《ひば》の木があるいは丸くあるいは鉾《ほこ》なりに摘み入れて下は綺麗《きれい》な芝生になつて居る。左側の方は支那風を摸したので桐《きり》や竹が植ゑてある。後側は日本固有の造り庭で泉水《せんすい》や築山《つきやま》が拵《こしら》へてある。かういふ風に庭園を比較したとはいふものの甚だ区域が狭いので十分にその特色を発揮する事が出来て居らぬ。そこでこの庭園についても人々によつて種々の変つた意見を持つて居つて、これが神社である以上は神々しき感じを起させるために社殿の周囲に沢山《たくさん》の大木を植ゑねばならぬなどといふ人もある。けれどもそれは昔風の考へであつて、神社であるから必ずしも大木がなければならぬといふ事はない。二十年ほど前に余が始めて東京へ来て靖国《やすくに》神社を一見した時の感じを思ひ起して見ると、ほかの物は少しも眼に入らないで、綺麗なる芝生の上に檜葉の木が綺麗に植ゑられてをるといふ事がいかにも愉快な感じがしてたまらなかつたのである。勿論《もちろん》それは子供の時の幼稚な考へから来た事であるけれども、しかし世の中の人は幼稚な感じを持つて居る方が八《はち》、九分《くぶ》を占めて居るのであるから、今でも昔の余と同じやうにこの西洋風の庭を愉快に感ずる人がきつと多いであらうと思ふ。それ故にもし靖国神社の庭園を造り変へるといふ事があつたら、いつそ西洋風に造り変へたら善からう。まん丸な木や、円錐形《えんすいけい》の木や、三角の芝生や、五角の花畑などが幾何学的に井然《せいぜん》として居るのは、子供にも俗人にも西洋好きのハイカラ連にも必ず受けるであらう。固《もと》より造り様さへ旨《うま》くすれば実際美学上から割り出した一種の趣味ある庭園ともなるのである。東京人の癖として、公園は上野のやうなのに限るといふ人が多いけれども、必ずしも上野が公園の模範とすべきものであるとは定められない。日比谷の公園なども広い芝生を造つて広ツパ的公園としても善いではないか。むやみやたらに木ばかり植ゑてちよつと散歩するにも鼻を衝《つ》くやうな窮屈な感じをさせるが公園の目的でもあるまい。

（六月二十七日）

四十七

〇この頃『ホトトギス』などへ載せてある写生的の小品文を見るに、今少し精密に叙したらよからうと思ふ処《ところ》をさらさらと書き流してしまふたために興味索然《さくぜん》としたのが多いやうに思ふ。目的がその事を写すにある以上は仮令《たとい》うるさいまでも精密にかかねば、読者には合点《がてん》が行き難い。実地に臨んだ自分には、こんな事は書かいでもよからうと思ふ事が多いけれど、それを外《ほか》の人に見せると、そこを略したために意味が通ぜぬやうな事はいくらもある。人に見せるために書く文章ならば、どこまでも人にわかるやうに書かなくてはならぬ事はいふまでもない。あるいは余り文章が長くなることを憂へて短くするとならば、それはほかの処をいくらでも端折《はしょ》つて書くは可《よ》いが、肝腎《かんじん》な目的物を写す処は何処《どこ》までも精密にかかねば面白くない。さうしてまたその目的物を写すのには、自分の経験をそのまま客観的に写さなければならぬといふ事も前にしばしば論じた事がある。しかるに写生的に書かうと思ひながらかへつて概念的の記事文を書く人がある。これは無論面白くない。例を言へば、米国にある支那飯屋といふのを書くつもりならば、自分がその支那飯屋へ往《いっ》た時の有様をなるべく精密に書けば、それでよいのである。しかるにその方は精密に書かずにかへつて支那飯屋はどういふ性質のものであるといふやうな概念的の記事を長々と書くのは雑報としてはよいけれども、美文としては少しも面白くない。まだ雑報と美文の区別を知らない人が大変多いやうである。同雑誌の一日記事の如《ごと》きもただ簡単に過ぎて何の面白味もないのが多いやうに見える。これは今少し思ひきつて精密に書いたならば多少面白くなるだらうと思ふ。（六月二十八日）

四十八

○この頃売り出した双眼写真といふのがある。これは眼鏡が二つあつてその二つの眼鏡を両眼にあてて見るやうになつて居る。眼鏡の向ふには写真を挿《はさ》むやうになつて居つて、その写真は同じやうなのが二枚並べて貼《は》つてある。これはちよつと見ると同じ写真のやうであるがその実少し違ふて居る。一つの写真は右の眼で見たやうに写し、他の写真は同じ位置に居つて同じ場所を左の眼で見たやうに写してあるのである。それを眼鏡にかけて見ると、二つの写真が一つに見えて、しかもすべての物が平面的でなく、立体的に見える。そこに森の中の小径《こみち》があればその小径が実物の如《ごと》く、奥深く歩いてゆかれさうに見える。そこに石があればその石が一々に丸く見える。器械は簡単であるがちよつと興味のあるもので、大人でも子供でもこれを見出すと、そこにあるだけの写真を見てしまはねばやめぬといふやうな事になる。遊び道具としては、まことに面白いものであると思ふ。しかしこの写真を見るのに、二つの写真が一つに見えて、平面の景色が立体に見えるのには、少し伎倆《ぎりょう》を要する。人によるとすぐにその見やうを覚《さと》る人もあるし、人によると幾度見ても立体的に見得ぬ人がある。この双眼写真を得てから、それを見舞に来る人ごとに見せて試みたが、眼力の確かな人には早く見えて、眼力の弱い人即《すなわ》ち近眼の人には、よほど見えにくいといふことがわかつた。これによつて余は悟る所があつたが、近眼の人はどうかするとものさとりのわるいことがある、いはば常識に欠けて居るといふやうなことがある。その原因を何であるとも気がつかずに居たが、それは近眼であるためであつた。近眼の人は遠方が見えぬこと、すべての物が明瞭に見えぬこと、これだけでも普通の健全なる眼を持つて居る人に比すると既に半分の知識を失ふて居る。まして近眼者は物を見ることを五月蠅《うるさ》がるやうな傾向が生じて来ては、どうしても知識を得る機会が少《すくな》くなる。近眼の人にして普通の人と同じやうに知識を持つて居る人もないではないが、さういふ人は非常な苦心と労力を以《もつ》て、その知識を得るのであるから、同じ学問をしても人よりは二倍三倍の骨折りをして居るのである。人間の知識の八《はち》、九分《くぶ》は皆視官から得るのであると思ふと眼の悪い人はよほど不幸な人である。

（六月二十九日）

四十九

○英雄には髀肉《ひにく》の嘆《たん》といふ事がある。文人には筆硯生塵《ひつけんちりをしょうず》といふ事がある。余もこの頃「錐鋳を生ず」といふ嘆を起した。この錐《きり》といふのは千枚通しの手丈夫な錐であつて、これを買ふてから十年余りになるであらう。これは俳句分類といふ書物の編纂《へんさん》をして居た時に使ふて居たものでその頃は毎日五枚や十枚の半紙に穴をあけて、その書中に綴込《とじこ》まぬ事はなかつたのである。それ故錐が鋭利といふわけではないけれど、錐の外面は常に光を放つて極めて滑《なめら》かであつた。何十枚の紙も容易《たやす》く突き通されたのである。それが今日ふと手に取つて見たところが、全く錆《さ》びてしまつて、二、三枚の紙を通すのにも錆のために妨げられて快く通らない。俳句分類の編纂は三年ほど前から全く放擲してしまつて居るのである。「錐に錆を生ず」といふ嘆を起さざるを得ない。

（六月三十日）

五十

○肺を病むものは肺の圧迫せられる事を恐れるので、広い海を見渡すと洵《まこと》に晴れ晴れといい心持がするが、千仞《せんじん》の断崖に囲まれたやうな山中の陰気な処《ところ》にはとても長くは住んで居られない。四方の山に胸が圧せられて呼吸が苦しくなるやうに思ふためである。それだから蒸汽船の下等室に閉ぢ込められて遠洋を航海する事は極めて不愉快に感ずる。住居の上についても余り狭い家は苦しく感ずる。天井の低いのは殊に窮屈に思はれる。蕪村《ぶそん》の句に

屋根低き宿うれしさよ冬籠《ふゆごもり》

といふ句があるのを見ると、蕪村はわれわれとちがふて肺の丈夫な人であつたと想像せられる。この頃のやうにだんだん病勢が進んで来ると、眼の前に少し大きな人が坐《すわ》つて居ても非常に息苦しく感ずるので、客が来ても、なるべく眼の正面をよけて横の方に坐つてもらふやうにする。そのほかランプでも盆栽でも眼の正面一間《いっけん》位な間を遠ざけて置いてもらふ。それは余りひどいと思ふ人があるだらうが理窟《りくつ》から考へても分ることである。人の眼障りになるといふのは誰でも眼の高さと同じ位なものか、またはそれよりも高いものかが我が前にある時にうるさく感ずるのである。それであるから病人の如《ごと》くいつも横にねて居るものには眼の高さといつても僅《わず》かに五寸乃至《ないし》一尺位なものである。今病人の眼の前三尺の処に高さ一尺の火鉢が置いてあるとすると、それは坐つて居る人の眼の前三尺の処に凡《およ》そ三、四尺の高さの火鉢が置いてあるのと同じ割合になる。この場合には坐つて居る人でも多少の窮屈を感ずるであらう。まして病人の如く身体も動かず、手足も働かず如何《いか》なる危険があつてもそれを手足で防ぐとか身を動かして逃げるとかすることの出来ないものはたださへ危険を感じるのであるから、その上に呼吸器の弱いものは非常な圧迫を感じて、精神も呼吸も同時に苦しくなる事は当り前の事である。その点からいふと寐床《ねどこ》を高くして置けば善い訳であるが、それにはまた色々な故障があつて余らの如きは普通の寝台の上に寐る事を許されぬからこまる。なぜ寝台が悪いかといふと寝台の幅の狭いのも一つの故障である。寝台は腰のところで尻《しり》が落ち込んで身動きの困難なのも一つの故障である。病気になるとつまらない事に苦しまねばならぬ。

（七月一日）

五十一

○拝復。盆栽の写真十八枚御贈り被下《くだされ》難有《ありがたく》奉《ぞんじたてまつり》存候。盆栽のことはわれわれ何も存ぜず候へども、定めて日々の御手入《おていれ》も一方ならざる事と存《ぞん》じ候。盆栽の並べかたについては必ず三鉢を三段に配置しあり候処《ところ》、定めて天地人とでも申す位置の取りかたに可有之《これあるべく》、作法もむづかしきことと存候。しかしながら小生の如《ごと》き素人目《しろうとめ》より見候へば、三段の並べかたも勿論《もちろん》面白く候へども、さりとて悉《ことごと》く同じやうな配置法を取り候ては変化に乏しく多くの写真を見もて行くほどに、あるいは前に見たると同じ写真に非《あら》ずやと疑はるることも有之候《これあり》。そは畢竟《ひっきょう》余り同一趣味に偏し居り候ためと存候。配置法と申してもただ面白く配置すればよき事と存候へば、あるいは一鉢ばかり写してよきことも可有之、あるいは二鉢写したるもよかるべく、また時によりては四鉢五鉢六鉢等沢山《たくさん》に並べて面白きことも可有《あるべく》と存候。また高低の工合《ぐあい》も御写真にあるやうに一定の規則に従ふにも及び申間敷《もうすまじく》、あるいは同じ高さに並べて面白きことも可有、あるいは僅《わず》かばかりの高低の度に配置して面白きことも可有、あるいは一は非常に高く一は非常に低く配置して面白きも可有候。また盆栽の大きさについても御培養の物は同一大のが多きやうに見受け申候。今少し突飛的に大きなる物も交り居らばかへつて興味を添ふる場合多かるべく候。また鉢についても必ずしもよき鉢には限り申間敷、あるいは瓦鉢《かわらばち》あるいは摺鉢《すりばち》その他古桶《ふるおけ》などを利用致したるも雅味深かるべく候。但《ただし》画をかきある鉢は如何《いか》なる場合にも宜《よろ》しからずと存候。また鉢を置くべき台につきても、紫檀黒檀《したんこくたん》の上等なる台のみには限る間敷、これも粗末なる杉板の台にてもよく、または有合《ありあわ》せのガラクタ道具を利用したるもよく、または天然の木の根石ころなどの上に据《す》ゑたるも面白き場合多かるべく候。また盆栽を飾りたる場所も必ずしも後ろに屏風《びょうぶ》を立てて盆栽ばかり見ゆるやうに置きたるにも限り申間敷、あるいは床の間に飾りたる処を写し、あるいは机の上に置きたる処を写し、あるいは手水鉢《ちょうずばち》の側に置きたる処をも写し、あるいは盆栽棚に並べたる処をも写し、あるいは種々の道具に配合したる処をも写し、色々に写しやうは可有之と存候。勿論何を配合するにも配合上の調和を欠き候ては宜しからず、この木はこの鉢に適するとか、この盆栽とかの盆栽と並べ置くに適するとか、あるいはこの盆栽はどの台へ適するとか、どの場所に適するとか、それぞれ適当なる配合を得るやうに考へ、しかる後《のち》に千変万化を尽さば興味限りなかるべくと存候。活花《いけばな》にても遠州流など申して、一定の法則を墨守致し候も有之候へども、これ恐らくは小堀遠州の本意にはあるまじく、要するに趣味は規則をはづれて千変万化する所に可有之候。随《したが》つて盆栽に為《な》すべき草木その物についても必ずしも普通の松楓《かえで》などには限るまじく、何の木何の草にても面白くすれば面白くなるべくと存候。御写真の趣にては、葉のある樹《き》に限りたるやうに見受申候。これも余り狭きには過ぎずやと存候。木には限らず草も面白かるべく、また花の咲く物もそれぞれ面白かるべくと存候。右御礼かたがた愚意大略申述候。失礼の段御容赦可被下《くださるべく》候。頓首《とんしゅ》。

（七月二日）

五十二

○日本の芝居ばかり見てゐる人が西洋の芝居の話などを聞いてその仕組の違ふのに驚く事がある。例をいへば、西洋の芝居にはチヨボがない、花道がない、廻《まわ》り舞台《ぶたい》がない、などといふ事が、不思議に思はれる事がある。ある方が不思議か、ない方が不思議か、それは考へて見たらばわかる事であるけれど、日本の芝居ばかり見て居る間は何も考へないで、チヨボも廻り舞台も花道も皆芝居には最《もっとも》必要な者で極めて当然な者の如《ごと》く思ふて居るのである。さてこれらの日本芝居に限られたる特色はどうして出て来たか、といふと、それは大概能楽から出て来て居るのである。能楽と芝居との関係は知つて居る人にはわかりきつて居る事であるが、どうかすると芝居の事ばかり心得てその能楽との関係に少しも注意せぬ人がある。今試みに両者の類似点、即《すなわ》ち芝居がどれだけ能楽の仕組に倣《なら》ふてゐるかといふ事を挙げて見ると、第一、舞台の構造について見ても、芝居の花道は能の橋がかりから来て居る事はいふまでもない。ただ花道は舞台の前へ、即ち見物の座の中へ突き出て居るのと、橋がかりは能舞台の横の方へ斜《ななめ》に出て居るとの違ひである。芝居の上手《かみて》下手《しもて》の入口は能楽の切戸《きりど》(臆病口《おくびょうぐち》ともいふ)に似て更に数を増して居る。芝居の引幕は能の揚げ幕とは趣を異にして居るやうではあるが、しかし元はやはり揚幕から出た考へであらうと思ふ。チヨボ語りの位置は地謡《じうたい》の位置と共に舞台に向つて右側の方にある。

第二に楽器の関係についても能にも芝居にも囃方《はやしかた》といふ者がある。その楽器は両者の間に著しい差違があるが、しかし能に用ゐらるる笛、鼓《つづみ》、太鼓は芝居にも用ゐられて居る。ただ能では鼓を重《おも》に用ゐる代りに、芝居では三味線《しゃみせん》を重に用ゐる。芝居で長唄常磐津《ながうたときわず》などの連中が舞台方に並んでいはゆる出語《でがた》りなる者を遣《や》る事があるが、それは能の囃方や地謡の舞台に並んで居るのと同じ趣である。

第三に脚本の上についていふと、能では詞《ことば》よりもむしろ節《ふし》の部分が多くて、その節の部分は地《じ》と地でないのとの二種類になつて居る。芝居は詞が主になつて居るけれどもやはり節の部分も少《すく》くはない。さうして節の部分は必ずチヨボで語る事になつては居るが、その文句の性質からいふとやはり能の如く地に属すべき者と、さうでないものとの二つがある。地でない部分といへば役者の自《みずか》らいふべき詞に節附《ふしづ》けをした者で、能では役者がその節を自ら謡《うた》ふ、否《いな》或時は地に属すべき分までも謡ふ事があるが芝居では役者が謡ふといふ事はない。チヨボ語りが必ず役者に代つて謡ふ事になつて居る。それから能には番ごとの間に必ず狂言を加へる事になつて居る。芝居に中幕《なかまく》とか附け物とかいふ事があるのは幾らか能に狂言の加はつて居る所から思ひ附いたのではあるまいか。また能は大概一日に五番と極《き》まつて居るが近松あたりの作に五段物《ごだんもの》が多いのは能の五番から来たのではあるまいか。また脚本の性質についていふても、能には真面目《まじめ》なものばかりがあつて滑稽《こっけい》な趣向は一つもない。滑稽の部分はただ狂言にのみ任せてある。芝居にてもやはり真面目な趣向の者が多くて特に滑稽劇といふべき者は極めて少い。ただ真面目な趣向のところどころにいはゆる道化または茶利《ちゃり》なる者を挿《はさ》む位である。

その他能楽の始めに翁《おきな》を演ずるに倣《なら》ひて芝居にても幕初めに三番叟《さんばそう》を演ずるが如き、あるいは能楽を多少変改して芝居に演ずるが如き、あるいは芝居の術語の多く能の術語より出《い》でたるが如き、これらは類似といふよりもむしろ能楽その者を芝居に取りたる者故その似て居る事は誰も知つて居る事で今更いふまでもない。なほこのほかに極些細《ごくさ さい》な部分の類似は非常に多いであらう。

芝居の廻り舞台については別段に能楽から出たと思ふ点はないやうである。これは全く芝居の発明といふて善からう。

芝居の早変りといふ事は幾らか能の道成寺《どうじょうじ》などから思ひついたかも知らぬが、しかしこれも先《ま》づ芝居の発明といふて善からう。　（七月三日）

五十三

○川村文鳳《かわむらぶんぽう》の画いた画本は『文鳳画譜』といふのが三冊と、『文鳳麁画《そが》』といふのが一冊ある。そのうちで『文鳳画譜』の第二編はまだ見たことがないがいづれも前にいふた『手競画譜《しゅきょうがふ》』の如《ごと》き大作ではない。しかし別に趣向のないやうな簡単な絵のうちにも、自《おのず》ら趣向もあり、趣味も現はれて居る。『文鳳麁画』といふのは極めて略画であるが、人事の千態万状《せんたいばんじょう》を窮めて居てこれを見ると殆《ほと》ど人間社会の有様を一目に見尽すかと思ふ位である。崋山《かざん》の『一掃百態』はその筆勢のたくましきことと、形体の自由自在に変化しながら姿勢のくづれぬ処《ところ》とは、天下独歩といふてもよいが、しかし『文鳳麁画』に比すると、数において少なきのみならず趣味においてもいくらか乏しい処が見える。ただ文鳳の大幅《たいふく》を見たことがないので、大幅の伎倆《ぎりょう》を知ることが出来ぬのは残念である。

○尾張《おわり》の月樵《げっしょう》は、文鳳に匹敵すべき画家である。その『不形画藪《ふけいがそう》』といふのを見ると実にうまいもので、趣向は文鳳のやうに複雑した趣向を取らないでかへつて極些《ごくさ》細《さい》の処を捉《とら》まへ処とし、さうして筆勢の上については文鳳の如く手荒く画きとばす方ではなく、むしろ極めて手ぎはよく画いてのける処に真似《まね》の出来ぬ伎倆を示して居る。このほかに何とかいふ粗画の本で、拙《つたな》い俳句の賛があるのは悪かつたが、その粗画は沢山《たくさん》あるが悉《ことごと》く月樵の筆であつて、しかも一々見てゆくと、一々にうまい趣向のある本を、或人《あるひと》に見せられたことがある。それは端本《はほん》であつたやうだが、そんな本がまだほかにあるならば見たいと思ふけれど、誰に聞いても持つて居る人がないのは遺憾である。この人の大幅といふでもないが、半折物《はんせつもの》を二つ三つ見たことがある。一つは鶴《つる》に竹の画で別に珍しい趣向ではないがその形の面白いことは、とても他人の及ぶ処ではない。今一つは寒菊《かんぎく》の画でこれは寒菊の一かたまりが、縄によつて束ねられた処で、画としては簡単な淋《さび》しい画であるが、その寒菊が少し傾いて縄にもたれて居る工合《ぐあい》は、極めて微妙な処に趣向を取つて居る。そのほか賀知章《がちしょう》の画を見たことがあるが、それも尋常でないといふことで不折《ふせつ》は誉《ほ》めて居つた。けれども人物画は少し劣るかと思はれる。とにかく月樵ほどの画かきは余り類がないのであるのに、世の中の人に知られないのは極めて不幸な人である。また世の中に画を見る人が少《すく》いのにも驚く。　（七月四日）

五十四

○近刊の『ホトトギス』第五巻第九号の募集俳句を見るに、鳴雪《めいせつ》、碧梧桐《へきごとう》、虚子《きょし》共に選びしうちに

着つゝなれし菖蒲《しょうぶ》重《がさね》や都人《みやこびと》　朧月堂《ろうげつどう》

とある。着つつなれし菖蒲重とはいかが。菖蒲重といふは、端午の節句に着る着物

なるべければ着つつなれしといふわけはないはずである。着つつなれしといへば無論ふだん着か旅衣《たびごろも》かの類で長く着て居るものでなければなるまい。同じ部に

　枇《び》杷《わ》の木に夏の日永き田舎かな　太《たい》虚《きょ》

とある。この枇杷の木には実のなり居るや否《いな》やそこが不審である。もし実のなつて居る枇杷の木とすれば、ここの景色は枇杷の木に奪はれてしまふわけになる。もし夏の日の永き田舎の無聊《ぶりょう》なる様を言はんとならば実のない枇杷の木でなくては趣が写らぬ。しかし夏の枇杷であれば実のないとも限らぬ。そこが不審な処《ところ》である。鳴雪選三座の句に

　上《かみ》京《ぎょう》や松に水打つ公家屋敷　井々

とある。この句において作者の位置がわからぬ。上京やといふ五字も浮いて聞える。公家屋敷の外から見た景色とすればよいけれど、それでは松に水打つところが見えぬであらう。碧梧桐選三座の句に

　鄙《ひな》振《ぶり》や蓼《たで》を刻みて鮓《すし》の中に　梅影

鮓の中にといふは殊更に聞える。中にといふことが散らし鮓の飯の間から少し蓼

の葉が見えて居ることだといふ選者の説明であるが、まさかさうはとれまい。虚子選三座の句に

院々の高き若葉や京の月　　石泉

とある。院々といふのは叡山《えいざん》か三井寺《みいでら》かのやうな感じがするけれど、それでは京の月といふのに当てはまらぬ。あるいは知恩院《ちおんいん》あたりの景色でもいふのであらうか。高き若葉といふのは若葉の木が高いのか、あるいは土地が高みにあるので若葉まで高く見えるといふ意味か明瞭でない。鳴雪選者吟のうちに

時鳥《ほととぎす》鳴くやお留守の西の京

麦寒き畑も右京の太夫《たゆう》かな

筍《たけのこ》や京から掘るは京の藪《やぶ》

とあるのは面白さうな句であるが、いづれも意味がわからぬ。碧梧桐選者吟のうちに

江戸役者を団扇《うちわ》と誹《そし》り京扇

とある。これも解し難い句ぢや。

（七月五日）

五十五

○鉄砲は嫌ひであるが、猟はすきである。魚釣りなどは子供の時からすきで、今でもどうかして釣りに行くことが出来たら、どんなに愉快であらうかと思ふ。それを世の中の坊さんたちが殺生は残酷だとか無慈悲だとか言つて、一概に悪くいふのはどういふものであらうか。勿論《もちろん》坊さんの身分として殺生戒を保つて居るのは誠に殊勝なことでそれはさもあるべき事と思ふけれど、俗人に向つて魚釣りをさへ禁じさせようとするのは、余り備はるを求め過ぐるわけではあるまいか。魚を釣るといふことは多少残酷な事としても、魚を釣つて居る間はほかに何らの邪念だも貯へて居ない所が子供らしくて愛すべき処《ところ》である。その上に我々の習慣上魚を釣ることはさまで残酷と感ぜぬ。これよりも残酷な事、これよりも邪気の多い事は世の中にどれだけあるかわからん。鳥獣魚類の事はさて置き、同じ仲間の人間に向つてさへ、随分残酷な仕打ちをする者は決して少《すく》なくない。殺生戒など殊勝にやつてる坊さんたちの中にも、その同胞に対する仕打ちに多少の残酷な事も不深切《ふしんせつ》な事もやる人が必ずあるであらうと思ふ。これといふほどのひどい事でなくても人間同士の交際の上にごく些細《ささい》な欠点があつても極めて不愉快に感ぜられるもので、それは生きた魚を殺すよりも遥《はる》かに罪の深いやうな思ひがする。余は俗人の殺生などは、むしろ害の少い楽しみであると思ふて居る。　（七月六日）

五十六

○酒は男の飲む者になつて居つて女で酒を飲むものは極めて少《すくな》い。これは生理上男の好くわけがあるであらうか、あるいは単に習慣上然《しか》らしむるのであらうか。むしろ後者であらうと信ずる。

女は一般に南瓜《かぼちゃ》、薩摩芋《さつまいも》、胡蘿蔔《にんじん》などを好む。男は特にこれを嫌ふといふ者も沢山《たくさん》ないにしてもとにかく女ほどに好まぬ者が多い。これは如何《いか》なる原因に基《もとづ》くであらうか。

男でも南瓜、薩摩芋等の甘きを嫌ふは酒を飲む者に多く、酒を飲まぬ男はこれに反して南瓜などを好んで食ふ傾向があるかと思はれる。して見ると女の南瓜などを好むのは酒を飲まぬためであつて、男のこれを好む事が女の如《ごと》くないのは酒を飲むがためではあるまいか。酒は酢の物の如き類とよく調和して、菓子や団子と調和しにくい事は一般に知つて居る所である。南瓜、薩摩芋、胡蘿蔔などは野菜中の最も甘味多き者であるので酒とは調和しにくいのであらう。酒飲みでも一旦《いったん》酒を廃すると汁粉《しるこ》党に変る事がある。して見ると女は酒を飲まぬがために南瓜などを好むのに違ひない。（七月七日）

五十七

〇画賛といふ事は支那に始まつて、日本に伝はつた事と思はれるが、恐らくは支那でも近世に起ったことであらう。日本でも支那画をまねた者には、画賛即《すなわ》ち詩を書いた者があるが、多くは贅物《ぜいぶつ》と思はれる。山水などの完全したる画には何も文字などは書かぬ方が善いので、完全した上に更に蛇足の画賛を添へるのが心得ぬ事である。しかし人の肖像などを画きたる者には賛があるのが面白い場合がある。それは人物独りでは画として不完全に考へられることもあるので画賛を以《もっ》てその不足を補ふのである。いはゆる俳画などといふ麁画《そが》に俳句の賛を書くのは、山水などの場合と違ふて、面白き者が多い。麁画にても趣向の完全したる者には、画賛は蛇足であるが画だけでは何だか物足らぬといふやうな場合に俳句の賛を書いて、その趣味の不足を補ふ事は悪い事ではない。それ故に或画に賛をする時にはその賛とその画と重複しては面白くない。例へば狐《きつね》が公達《きんだち》に化けて居る画が画いてある上に

公達に狐化けたり宵の春

と賛したのでは、画も賛も同じ事になるので、少しも賛をしただけの妙はない。祇《ぎ》園《おん》の夜桜といふやうな景色を画いた麁画の上に、前にいふた「公達に狐化けたり」の句を賛として書くなればそれは面白いであらう。蛙が柳に飛びつかうとして誤つて落ちた処《ところ》を画いた画に、也有《やゆう》は

見付けたりかはづに臍《へそ》のなき事を

といふ賛をした。これは蛙といふ事は重複して居るけれども、臍のないと特に主観的にいふた処は、この画を見たばかりでは、思ひ付くべき事でない、一種の滑稽的《こっけいてき》趣向を作者が考へ出したのであるから、これは賛として差支《さしつかえ》がない。ただ葵《あおい》の花ば

かり画いた上へ普通の葵の句を画賛として書いた処で重複といふ訳でもあるまいが、しかしかういふ場合には葵の句を書かずに、同じ趣の他の句を書くのも面白いであらう。それは葵の花の咲いて居りさうな場所をあらはした句とか、または葵の花の咲いて居る時候をあらはした句とか、または葵の花より連想の起るべき他の句とか、さういふものを画賛として書くのである。も一つ例を挙げていふならば団扇《うちわ》の画に蛍の句を書くとか、蛍の画に団扇の句を書くとか、もしまた団扇と蛍と共に画いてある画ならば、涼しさやとか夕涼みとかいふやうな句を賛する。要するに画ばかりでも不完全、句ばかりでも不完全といふ場合に画と句を併《あわ》せて、始めて完全するやうにするのが画賛の本意である。歌を画賛にする場合も俳句と違ふた事はない。

（七月八日）

五十八

○自分の団扇《うちわ》ときめて毎日手に持つて居る極《ごく》下等な団扇が一つある。この団扇の画は浮世絵で浅草の凌雲閣《りょううんかく》が画いてあるので、勿論《もちろん》見るに足らぬものとしてよく見たこともなかつた。或時《あるとき》何とはなしにこの団扇の絵をつくづくと見た所が非常に驚いた。凌雲閣はとても絵になるべきものとは思はれんのであるが、この団扇の絵は不思議に妙な処《ところ》をつかまへて居る。それは凌雲閣を少し横へ寄せて団扇いつぱいの高さに画いて、さうしてこのひよろひよろ高い建築と直角に帯のやうな海を画いて、その地平線が八階目の処を横切つて居る。下の方は少しばかり森のやうなものを凌雲閣の麓《ふもと》に画いて、その上の処の靄《もや》も地平線に並行して横に引いてある。これはや高き空中から見たやうな画きやうである。さうして片隅のそらに馬鹿に大きな三日月が画いてある。こんな大きな三日月はないわけであるが、これも凌雲閣といふ突飛な建物に対して、この大きさでなくては釣合はぬからかう画いたのである。面白い絵ではないけれども、凌雲閣を材料として無理に絵を画くならば、先《ま》づこんな趣向よりほかに画きやうはないであらう。つまりこの絵の趣向は竪《たて》に長い建築物に対して、真横に地平線と靄とを引いた処にあるのである。玉英と署名してあるが、余り聞いた名でないけれども、もしこれが多少の考があつて画いた絵とすれば、ほかの日本絵の大家先生たちはなかなかにこれほどにも出来ないであらうと思ふ。この団扇の裏を見ると、裏には柳の枝が五、六本上からしだれて萌黄色《もえぎいろ》の芽をふいて居る、その柳の枝の間から桜の花がひらひらと散つて少し下に溜《たま》つて居る処が画いてある。これだけの簡単な画であるがよほど面白い趣向だ。落花を画いて置きながら桜の樹《き》を画かずかへつて柳をあひしらふた処は凡手段《ぼんしゅだん》でない。大家先生の大作の写真などを時々見るが、とてもこれほどの善い感じは起らない。殊にこれが極《ごく》下等な団扇であるだけにかへつて興が深いので、何だか拾ひ物でもしたやうな心地がする。

（七月九日）

五十九

○今日人と話し合ひし事々

一、徳川時代の儒者にて見識の高きは蕃山《ばんざん》、白石《はくせき》、徂徠《そらい》の三人を推す。徂徠が見解は聖人を神様に立てて全く絶対的の者とする。宋儒《そうじゅ》の如《ごと》き心を明かにするとか、身を修めるとかいふやうな工夫も全くこれを否認しただ聖人の道を行へばそれで善いといふ処《ところ》はよほど豁達《かったつ》な大見識で、丁度真宗が阿弥陀様《あみださま》を絶対と立てて、総《すべ》てあなた任せの他力信心で遣《や》つて行くのと善く似て居る。もつとも徂徠の説は、われわれは到底聖人にはなれぬ、如何《いか》に心の工夫してもわれわれの気質が変つて聖人になるといふ事は断じてないといふのであるから、そこの処は仏教の即身即仏といふのとは少し違ふては居るやうに見えるが、しかし徂徠のいふ所はわれわれは聖人にはなれぬけれども、聖人の道をそのまま行ひさへすれば聖人になつたも同じ事であるといふのだから、やはり即身即仏説と同じやうな結果になるのである。彼があながちに仏教を排斥せずして、人民は仏教を信じてゐても差支《さしつかえ》ない、われわれは聖人の道を行へばそれで沢山《たくさん》である、などと説くところは実に心持の善い論で、とても韓退之《かんたいし》などの夢にも考へつく処ではない。ただ惜《おし》い事には今一歩といふ処まで来て居ながら到頭《とうとう》輪の内を脱《ぬ》ける事が出来なかつたのは時代の然《しか》らしむるところで仕方がない。もし彼が明治の世に生れたならばどんな大きな人間になつたらうかといつも思はぬ事はない。

一、生活の必要は人間を働かしめる。生活の必要が大になればなるほど労働もまた大にならねばならぬ。しかし人間の労働には限りがあるばかりでなく、労働に対する報酬にもまた限りがある。それ故に人によると、いくら働いても生活の必要に応ずる事が出来ない場合がある。ここに漢学者があつた。その学者は死んでしまふてその遺産の少しばかりあつたのを三、四人の兄弟に分配した。その時はそれで善かつたが、だんだんその子が年を取つて、女房を娶《めと》る、子が出来る、それも子一人位の時はまだ善かつたが、だんだん殖《ふ》えて来て三人も四人もとなつた。上の子二人は小学校へも行くといふ年になつた。父親は小学校の教員を勤めて十円か十一円の月給を取つて居る。二十年一日《いちじつ》の如く働いて居るが月給も二十年居《い》坐《すわ》りである。さあどうしても食へないといふ事になつた所で、どうしたら善からうか、これが問題なのである。誠に正直で、誠に勉強で、親譲りの漢学の素養があつて、誠に貴ぶべき人であるけれど、ただ世の中にうといためにほかに職業の更《か》へやうもない。月給十一円で家内六人、これはどうしたら善からうか、願はくは経済学者の説を聞きたい。

一、名古屋の料理通に聞くと、東京の料理は甘過ぎるといふ。もつとも東京の料理屋に使ふのと名古屋の料理屋に使ふのと、醬油《しょうゆ》がまるで違つてゐるさうな。

一、茶の会席料理は皆食ひ尽すやうに拵《こしら》へた者で、その代り分量が極少《ごくすくな》くしてある。これは興味のある事である。しかるに料理屋にあつらへると、金銭の点からどうしても分量を多くして食ひ尽す事が出来難いのは遺憾である。

一、能楽界の内幕はかなり複雑して居つて表面からは十分にわからぬが、要するに上掛《かみがか》りと下掛《しもがか》りとの軋轢《あつれき》が根本的の軋轢であるらしい。

一、高等学校生某曰《いわく》、私は今度の試験に落第しましたから、当分の内発句《ほっく》も謡《うたい》も碁《ご》もやめました。

一、今度大学の土木課を卒業した工学士の内五人だけ米国の会社に傭《やと》はれて漢口へ鉄道敷きに行くさうな。世界は広い。これから後は日本などでこせこせと仕事して居るのは馬鹿を見るやうになるであらう。　（七月十日）

六十

○根岸近況数件

一、田圃《たんぼ》に建家《たてや》の殖《ふ》えたる事

一、三島神社修繕落成、石獅子用水桶《ようすいおけ》新調の事
一、田圃の釣堀釣手少《すくな》く新鯉を入れぬ事
一、笹《ささ》の雪《ゆき》横町に美しき氷店出来《しゅったい》の事
一、某別荘に電話新設せられて鶴《つる》の声聞えずなりし事
一、時鳥《ほととぎす》例によつてしばしば音をもらし、梟《ふくろう》何処《どこ》に去りしかこの頃鳴かずなりし事
一、丹後守殿《たんごのかみどの》店先に赤提灯《あかちょうちん》廻 燈籠《まわりどうろう》多く並べたる事
一、御行松《おぎょうのまつ》のほとり御手軽御料理屋出来の事
一、飽翁《ほうおう》、藻洲《そうしゅう》、種竹《しゅちく》、湖邨《こそん》等の諸氏去りて、碧梧桐《へきごとう》、鼠骨《そこつ》、豹軒《ひょうけん》等の諸氏来《きた》りし事
一、美術床屋に煽風器《せんぷうき》を仕掛けし事
一、奈良物店に奈良《なら》団扇《うちわ》売出しの事
一、盗賊流行して碧桐の舎《や》に靴を盗まれし事
一、草庵の松葉菊、美人蕉《ひめばしょう》等今を盛りと花さきて、庵主の病よろしからざる事

（七月十一日）

六十一

○明和頃に始まつたしまりのある俳句、即《すなわ》ち天明調なるものは、天明と共に終りを告げて、寛政になると蘭更白雄《らんこうしらお》の如《ごと》き、半ばしまりて半ばしまらぬといふやうな寛政調と変つた。それが文化文政と進んで行くに従つて、また更に局面を変じて、三分《さんぶ》しまつて七分しまらぬ文化文政調となつた。それが今一歩進んで、天保《てんぽう》頃になると、総タルミの天保調、いはゆる月並調となつてしまふた。文化文政の句は天明調と天保調の中間に居るだけに、その俳句が全くの月並調とならぬけれども、所々に月並調の分子を孕《はら》んで居る。今ここに寛政の末頃であるか、諸国を行脚《あんぎゃ》して俳人に句を書いてもらふたといふその帳面を見るに

春の風磯《いそ》の月夜は唯白し
雉《きじ》啼《ない》て静かに山の夕日かな

の如きがある。この「唯白し」とか「静かに」とかいふ詞《ことば》は、ここでは少しも月並臭気を帯びて居るとは言へないけれども、この詞の底が段々に現はれて来ると、つ

づまる所天保調が生れて来るのである。極端な月並調ばかりの句を見て居てかやうな句を不注意に見過す人が多いが、歴史的に見て行くと、天明調と天保調との中間にかういふ調子の句が一時流行したといふことに気がつくであらう。また同じ帳面に

居鷹の横雲に眼や時鳥《ほととぎす》
糠《ぬか》雨《あめ》に身振ひするや原の雉子《きじ》
畑打のひまや桜の渡し守

などいふ句は已《すで》に月並調に落ちて居る。ただその落ちかたが浅いだけに月並宗匠に見せたらばこれらは可も不可もなき平凡の句として取るであらう。

（七月十二日）

六十二

○泥棒が阿弥陀様《あみださま》を念ずれば阿弥陀様は摂取不捨の誓《ちかい》によつて往生させて下さる事疑《うたがい》なしといふ。これ真宗の論なり。この間に善悪を論ぜざる処《ところ》宗教上の大度量を

見る。しかも他宗の人はいふ、泥棒の念仏にはなほ不安の状態あるべしと。泥棒の信仰については仏教に限らず耶蘇《ヤソ》教にもその例多し。彼らが精神の状態は果して安心の地にあるか、あるいは不安を免れざるか、心理学者の研究を要す。

（七月十三日）

六十三

〇日本の美術は絵画の如《ごと》きも模様的に傾いて居ながら純粋の模様として見るべきもののうちに幾何学的の直線または曲線を応用したる者が極めて少《すくな》い。絵画が模様的になつて居るのみならず模様がまた絵画的になつて居る。殊に後世に至るほどその傾向が甚だしくなつて純粋の模様を用ゐて善き場合にも波に千鳥とか鯉《こい》の滝上りとかそのほか模様的ならざる、むしろ絵画的の花鳥などを用ゐる事が多い。たまたま卍《まんじ》つなぎとか巴《ともえ》とかの幾何学的模様があるけれどそれらは皆支那から来たのである。近頃鍬形蕙斎《くわがたけいさい》の略画を見るにその幾何学的の直線を利用した者がいくらもある。たとへば二、三十人も一直線に並んで居る処《ところ》を画くとか、または行列を縦から見て画くとかいふやうな類があつて、日本絵の内ではよほど眼新しく感ぜられる所がある。そのほか能楽の舞には直線的の部分が多い。これは支那から来た古い舞楽に直線的の部分が多いので、能楽はあるいはその影響を受けて居るかも知れん。近来芸妓《げいぎ》などのやる踊りなるものは半ば意味を含んだ挙動をやるために幾何学的の処が極めて少い。日本人は西洋の舞踏の幾何学的なるを見て極めて無趣味なる者として排斥する者が多いが、よし無趣味なりとしても日本の踊の不規則なる挙動の非常に厭味《いやみ》多く感ぜられるのには優つて居るであらう。支那の演劇の時代物ともいふべき者には非常に幾何学的の挙動が多いので模様的に面白い処があるが演劇としては幼稚な者のやうに見える。それに比すると日本の能楽は幾何学的にも偏せず、むしろ善く調和を得たるやうに思はれる。

（七月十四日）

六十四

○七月十一日。晴。始めて蜩《ひぐらし》を聞く。

梅《つ》雨《ゆ》晴《ばれ》や蜩鳴くと書く日記

七月十二日。晴。始めて蟬《せみ》を聞く。

蟬始メテ鳴ク鮠《はや》釣る頃の水絵空

（七月十五日）

六十五

○病気になつてから既に七年にもなるが、初めのうちはさほど苦しいとも思はなかつた。肉体的に苦痛を感ずる事は病気の勢ひによつて時々起るが、それは苦痛の薄らぐと共に忘れたやうになつてしまふて、何も跡をとどめない。精神的に煩悶《はんもん》して気違ひにでもなりたく思ふやうになつたのは、去年からの事である。さうなるといよいよ本当の常病人になつて、朝から晩まで誰か傍に居つて看護をせねば暮せぬ事になつた。何も仕事などは出来なくなつて、ただひた苦しみに苦しんで居ると、それから種々な問題が涌《わ》いて来る。死生の問題は大問題ではあるが、それは極《ごく》単純な事であるので、一旦《いったん》あきらめてしまへば直に解決されてしまふ。それよりも直接に病人の苦楽に関係する問題は家庭の問題である、介抱の問題である。病気が苦しくなつた時、または衰弱のために心細くなつた時などは、看護の如何《いかん》が病人の苦楽に大関係を及ぼすのである。殊にただ物淋《ものさび》しく心細きやうの時には、傍の者が上手に看護してくれさへすれば、即《すなわ》ち病人の気を迎へて巧みに慰めてくれさへすれば、病苦などは殆《ほとん》ど忘れてしまふのである。しかるにその看護の任に当る者、即ち家族の女どもが看護が下手であるといふと、病人は腹立てたり、癇癪《かんしゃく》を起したり、大声で怒鳴りつけたりせねばならぬやうになるので、普通の病苦の上に、更に余計な苦痛を添へるわけになる。我々の家では下婢《かひ》も置かぬ位の事で、まして看護婦などを雇ふてはない、そこで家族の者が看病すると言つても、食事から掃除から洗濯から裁縫から、あらゆる家事を勤めた上の看病であるから、なかなか朝から晩まで病人の側に付ききりに付いて居るといふわけにも行かぬ。そこで病人はいつも側に付いて居てくれといふ。家族の女どもは家事があるからさうは出来ぬといふ。先《ま》づ一つの争ひが起る。また家族の者が病人の側に坐《すわ》つて居てくれても種々な工夫をして病人を慰める事がなければ、病人はやはり無聊《ぶりょう》に堪へぬ。けれども家族の者にそれだけの工夫がない。そこでどうしたらばよからうといふ問題がまた起つて来る。我々の家族は生れてから田舎に生活した者であつて、勿論《もちろん》教育抔《など》は受けた事がない。いはゆる家庭の教育といふことさへ受けなかつたといふてもよいのである。それでもお三どんの仕事をするやうな事はむしろ得意であるから、平日はそれでよしとして別に備はるを求めなかつたが、一朝一家の大事が起つて、即ち主人が病気になるといふやうな場合になつて来た処《ところ》で、忽《たちま》ち看護の必要が生じて来ても、その必要に応ずることが出来ないといふ事がわかつた。病人の看護と庭の掃除とどつちが急務であるかといふ事さへ、無教育の家族にはわからんのである。まして病人の側に坐つて見た処でどうして病苦を慰めるかといふ工夫などは固《もと》より出来るはずがない。何か話でもすればよいのであるが話すべき材料は何も持たぬからただ手持無沙汰《てもちぶさた》で坐つて居る。新聞を読ませようとしても、振り仮名のない新聞は読めぬ。振り仮名をたよりに読ませて見ても、少し読むと全く読み飽いてしまふ。殆ど物の役に立たぬ女どもである。ここにおいて始めて感じた、教育は女子に必要である。

（七月十六日）

六十六

○女子の教育が病気の介抱に必要であるといふ事になると、それは看護婦の修業でもさせるのかと誤解する人があるかも知れんが、さうではない、やはり普通学の教育をいふのである。女子に常識を持たせようといふのである。高等小学の教育はいふまでもない事で、出来る事なら高等女学校位の程度の教育を施す必要があると思ふ。平和な時はどうかかうか済んで行く者であるが病人が出来たやうな場合にその病人をどう介抱するかといふ事について何らの知識もないやうでは甚だ困る。女の務むべき家事は沢山《たくさん》あるが、病人が出来た暁にはその家事の内でも緩急を考へて先《ま》づ急な者だけをやつて置いて、急がない事は後廻《あとまわ》しにするやうにしなくては病人の介抱などは出来るはずがない。掃除といふ事は必要であるに相違ないが、うんうんと唸《うな》つて居る病人を棄《す》てて置いて隅から隅まで拭《ふ》き掃除《そうじ》をしたところで、それが女の義務を尽したといふわけでもあるまい。場所によれば毎日の掃除をやめて二日に一度の掃除にしても善い、三日に一度の掃除にしても善い。二度炊く飯を一度に炊いて置いてもよい。あるいは近処の飯屋から飯を取寄せてもよい。副食物も悉《ことごと》く内で煮炊きをしなくてはならぬといふ事はない。これも近処にある店で買ふて来てもよい。しかし病人の好む場合には特に内で煮炊きする必要が起る事もある。さういふ場合にはなるべく注意して塩梅《あんばい》を旨《うま》くするとか、または病人の気短く請求する時はなるべく早く調製する必要も起つて来る。たとへば病人が何々を食ひたいといふ、しかも至急に食ひたいといふ。けれども人手が少なうて、別に台所を働く者がない時には病人の傍で看病しながら食物を調理するといふ必要も起つて来る。かやうな事は格別むづかしい事でもないやうであるが、実際これだけの事を遣《や》つてのける女は存外少《すく》ないかと思はれる。それはどういふわけであるかといへば、それを遣るだけの知識さへ欠乏して居る、即《すなわ》ち常識が欠乏して居るのである。女のする事を見て居ると極めて平凡な仕事を遣《や》つて居るにかかはらず割合に長い時間を要するといふ者は、畢竟《ひっきょう》その遣り方に無駄が多いからである。一つの者を甲の場所から丁の場所へ移してしまへば善いのを、先づ初《はじめ》に乙の場所に移し、再び丙の場所に移し、三度目にやうやう丁の場所に移すといふやうな余計の手数をかけるのが女の遣り方である。平生《へいぜい》はこれでも善いが一旦《いったん》急な場合にはとてもそんな事して居ては間に合ふ者ではない。それ位な工夫は常識がありさへすれば誰にでも出来る事である。その常識を養ふには普通教育よりほかに方法はない。どうかすると女に学問させてそれが何の役に立つかといふて質問する人があるが、何の役といふても読んだ本がそのまま役に立つ事は常にあるものではない、つまり常識を養ひさへすれば、それで十分なのである。（七月十七日）

六十七

○家庭の教育といふ事は、男子にも固《もと》より必要であるが、女子には殊に必要である。家庭の教育は知らず知らずの間に施されるもので、必ずしも親が教へようと思はない事でも、子供は能《よ》く親の真似《まね》をして居る事が多い。そこで家庭の教育はその子供の品性を養ふて行くのに必要であるが、また学校で教へないやうな形式的の教育も、極些細《ごくささい》な部分は家庭で教へられるのである。例をいへば子供が他人に対して、辞誼《じぎ》をするといふ事を初めとして、来客にはどういふ風に応接すべきものであるかといふ事などは、親が教へてやらなくてはならぬ。殊に女子にとつては最も大切なる一家の家庭を司《つかさど》つて、その上に一家の和楽を失はぬやうにして行く事は、多くは母親の教育如何《いかん》によりて善くも悪くもなるのである。ところが今までの日本の習慣では、一家の和楽といふ事が甚だ乏しい。それは第一に一家の団欒といふ事の欠乏して居るのを見てもわかる。一家の団欒《だんらん》といふ事は、普通に食事の時を利用してやるのが簡便な法であるが、それさへも行はれて居らぬ家庭が少《すくな》くはない。先《ま》づ食事に一家の者が一所に集まる。食事をしながら雑談もする。食事を終へる。また雑談をする。これだけの事が出来れば家庭は何時《いつ》までも平和に、何処《どこ》までも愉快であるのである。これを従来の習慣に依《よ》つてせぬといふと、その内の者、殊に女の子などは一家団欒して楽しむべきものであるといふことを知らずに居る。そこで他家へ嫁入して後も、家庭の団欒などいふ事をする事を知らないで、殺風景な生活をして居る者がある。甚だしいのは男の方で一家の団欒といふ事を、無理に遣《や》らせて見ても、一向に何らの興味を感ぜぬのさへある。かやうな事では一家の妻たる者の職分を尽したとはいはれない。それ故に家庭教育の第一歩として、先づ一家団欒して平和を楽しむといふ事位から教へて行くのがよからう。一家団欒といふ事は啻《ただ》に一家の者が、平和を楽しむといふ効能があるばかりでなく、家庭の教育もまたこの際に多く施されるのである。一家が平和であれば、子供の性質も自《おのずか》ら平和になる。父や母や兄や姉やなどの雑談が、有益なものであれば子供はそれを聴いてよき感化を受けるであらう。既に雑談といふ上は、むづかしい道徳上の議論などをするのではないが、高尚な品性を備へた人の談ならば、無駄話のうちにも必ずその高尚な処《ところ》を現はして居るので、これを聴いて居る子供は、自ら高尚な風に感化せられる。この感化は別に教へるのでもなく、また教へられるとも思はないのであるが、その深く沁《し》み込む事は学校の教育よりも更に甚《はなはだ》しい。故に家庭教育の価値は或《あ》る場合において学校の教育よりも重いといふても過言ではない。

（七月十八日）

六十八

○この頃の暑さにも堪へ兼て風を起す機械を欲しと言へば、碧梧桐《へきごとう》の自《みずか》ら作りて我が寝床《ねどこ》の上に吊《つ》りくれたる、仮にこれを名づけて風板といふ。夏の季にもやなるべき。

風板引け鉢植の花散る程に

先つ頃如水《じょすい》氏などの連中寄合ひて、袴能《はかまのう》を催しけるとかや。素顔に笠《かさ》着たる姿など話に聞くもゆかしく

涼しさの皆いでたちや袴能

総選挙も間際になりて日ごとの新聞の記事さへ物騒がしく覚ゆるに

鹿を逐《お》ふ夏野の夢路草茂る

（七月十九日）

六十九

○病気の介抱に精神的と形式的との二様がある。精神的の介抱といふのは看護人が同情を以《もっ》て病人を介抱する事である。形式的の介抱といふのは病人をうまく取扱ふ事で、例へば薬を飲ませるとか、繃帯《ほうたい》を取替へるとか、背をさするとか、足を按摩《あんま》するとか、着物や蒲団《ふとん》の工合《ぐあい》を善く直してやるとか、そのほか浣腸沐浴《かんちょうもくよく》は言ふまでもなく、始終病人の身体の心持よきやうに傍から注意してやる事である。食事の献《こん》立塩梅《だてあんばい》などをうまくして病人を喜ばせるなどはその中にも必要なる一カ条である。この二様の介抱の仕方が同時に得られるならば言分はないが、もしいづれか一つを

択《えら》ぶといふ事ならばむしろ精神的同情のある方を必要とする。うまい飯を喰《く》ふ事は勿論《もちろん》必要であるけれども、その介抱人に同情がなかつた時には甚だ不愉快に感ずる場合が多いであらう。介抱人に同情さへあれば少々物のやり方が悪くても腹の立つものでない。けれども同情的看護人は容易に得られぬ者とすれば勿論形式的の看護人だけでもどれだけ病人を慰めるかわからぬ。世の中に沢山《たくさん》ある処《ところ》のいはゆる看護婦なるものはこの形式的看護の一部分を行ふものであつて全部を行ふものに至つては甚だ乏しいかと思はれる。勿論一人の病人に一人以上の看護婦がつききりになつて居るときは形式的看護の全部を行ふわけであるが、それもよほど気の利いた者でなくては病人の満足を得る事はむづかしい。看護婦として病院で修業する事は医師の助手の如《ごと》きものであつて、此処《ここ》にいはゆる病気の介抱とは大変に違ふて居る。病人を介抱すると言ふのは畢竟《ひっきょう》病人を慰めるのにほかならんのであるから、教へることも出来ないやうな極めて些末《さまつ》なる事に気が利くやうでなければならぬ。例へば病人に着せてある蒲団が少し顔へかかり過ぎてゐると思へばそれを引き下げてやる。蒲団が重たさうだと思へば軽い蒲団に替へてやるとか、あるいは蒲団に紐《ひも》をつけて上へ釣り上げるとかいふやうなことをする。病人が自分を五月蠅《うるさ》がつて居るやうだと思へば少し次の間《ま》へでも行つて隠れて居る。病人が人恋しさうに心細く感じて居るやうだと思へば自分は寸時もその側を離れずに居る。あるいは他の人を呼んで来て静かに愉快に話などをする。あるいは病人の意外に出《い》でて美しき花などを見せて喜ばせる、あるいは病人の意中を測つて食ひたさうなといふものを旨《うま》くこしらへてやる。箇様《かよう》な風に形式的看護と言ふてもやはり病人の心持を推し量つての上で、これを慰めるやうな手段を取らねばならぬのであるから、看護人は先《ま》づ第一に病人の性質とその癖とを知る事が必要である。けれどもこれは普通の看護婦では出来る者が少《すくな》いであらう。多くの場合においては母とか妻とか姉とか妹とか一家族に居つて平生《へいぜい》から病人の癇癪《かんしゃく》の工合《ぐあい》などを善く心得てゐる者の方が、うまく出来るはずである。うまく出来るはずであるけれども、それも実際の場合にはなかなか病人の思ふやうにはならんので、病人は困るのである。一家に病人が出来たといふやうな場合は丁度一国に戦《いくさ》が起つたのと同じやうなもので、平生から病気介抱の修業をさせるといふわけに行かないのであるから、そこはその人の気の利き次第で看護の上手と

下手とが分れるのである。（七月二十日）

七十

○梅に鶯《うぐいす》、竹に雀《すずめ》、などいふやうに、柳に翡翠《かわせみ》といふ配合も略画などには陳腐になるほど画き古されて居る。この頃画本を見るにつけてこの陳腐な配合の画をしばしば見る事であるが、それにもかかはらず美しいといふ感じが強く感ぜられていよいよ興味があるやうに覚えたので、柳に翡翠といふのを題にして戯れに俳句十首を作つて見た。これは昨年の春春水《しゅんすい》の鯉《こい》といふ事を題にして十句作つた事があるのを思ひ出してまたやつてみたのである。

翡翠の魚を覗《うかが》ふ柳かな
翡翠をかくす柳の茂りかな
翡翠の来る柳を愛すかな
翡翠や池をめぐりて皆柳
翡翠の来ぬ日柳の嵐かな

翡翠も鷺《さぎ》も来て居る柳かな
柳伐《き》つて翡翠終《つい》に来ずなりぬ
翡翠の足場を選ぶ柳かな
翡翠の去つて柳の夕日かな
翡翠の飛んでしまひし柳かな

春水の鯉は身動きもならぬほど言葉が詰まつて居たが、柳に翡翠の方はややゆとりがある。従つて幾らか趣向の変化を許すのである。而《しか》してその結果はといふと翡翠の方が厭味《いやみ》の多いものが出来たやうである。しかしこんな句の作り様は、一時の戯れに過ぎないやうであるが、実際にやつて見ると句法の研究などには最も善き手段であるといふ事が分つた。つまり俳句を作る時に配合の材料を得ても句法の如何《いかん》によつて善い句にも悪い句にもなるといふ事が、このやり方でやつてみると十分にわかるやうに思ふて面白い。

（七月二十一日）

七十一

○近刊の雑誌『宝船』に

甘酒屋打出の浜に卸しけり　青々《せいせい》

といふ句があるのを碧梧桐《へきごとう》が賞讃して居つた。そこで余がこれをつくづくと見ると非常に不審な点が多い。先《ま》づ第一に「卸《おろ》しけり」といふ詞《ことば》の意味がわからんので、これを碧梧桐に質《ただ》すと、それは甘酒の荷をおろしたといふのであると説明があつた。それが余にはわからんのでどうもこの詞でその意味を現はすことは無理であると思ふ。しかしながらこの句の句法に至つては碧梧桐青々などのよく作るところで余は平生《へいぜい》より頭ごなしに排斥してしまふ方であつたから、この機会を利用して、更に研究せうと思ふたので、第一の疑問は暫《しばら》く解けたものとして、それから第二の疑問に移つた。即《すなわ》ち甘酒屋と初句をぶつつけに置いた処《ところ》が不審な点である。すると碧梧桐の答へは、そこが尋常でない処であるといふのであつた。この答は予《かね》て期する所で、一ひねりひねつて句法を片輪に置いてあるために、余はどうしても俳句として採ることが出来ぬと思ふやうな句をいつでも碧梧桐が採るといふ事を知つて居る。しかしこの青々の句は少し他と変つて居るやうに思ふたので、余は幾度も繰り返して考へて見た。さうするといふと、打出の浜に甘酒屋が荷をおろしたといふ趣向には感が深いので、おろしけりの詞さへ仮に許して見れば、非常に面白い句でありさうに段々感じて来た。この話をしてから一夜二夜過ぎて復《また》考へて見ると、このたびは前に感じたよりも更に善く感じて来た。甘酒屋と初めに据ゑた処を手柄であると思ふやうになつた。甘酒屋と初めに置いたのは、丁度小説の主人公を定めたやうに、一句の主眼を先づ定めたのである。仮にこれを演劇に譬《たと》へて見ると今千両役者が甘酒の荷を舁《かつ》いで花道を出て来たといふやうな有様であつて、その主人公はこれからどうするか、その位置さへいまだ定まらずに居る処だ。それが打出の浜におろしけりといふ句でその位置が定まるので、演劇でいふと、本舞台の正面よりやや左手の松の木蔭《こかげ》に荷を据ゑたといふやうな趣になる。それから後の舞台はどう変つて行くか、そんな事はここに論ずる必要はないが、とにかくおろしけりと位置を定めて一歩も動かぬ処が手柄である。もし「おろしけり」の代りに「荷を卸す」といふやうな結句を用ゐたならば、なほ不定の姿があつて少しも落着かぬ句となる。また打出の浜といふ語を先に置いて見ると、即ち「打出の浜に荷を卸しけり甘酒屋」といふやうにいふと、打出の浜の一小部分を現はすばかりで折角《せっかく》大きな景色を持つて来ただけの妙味はなくなつてしまふ。そこで先づ「甘酒屋」と初めに主人公を定め、次に「打出の浜に」とその場所を定め「おろしけり」といふ語でその場所における主人公の位置が定まるので、甘酒屋が大きな打出の浜一面を占領したやうな心持になる。そこが面白い。演劇ならばその甘酒屋に扮《ふん》した千両役者が舞台全面を占領してしまふたやうな大きな愉快な心持になるのである。その心持を現はすのには、余が前に片輪だと言つたやうなこの句法でなければ、しまつがつかぬといふことになつて来る。さうなつて来たついでに、この「おろしけり」といふ詞もほかに言ひやうもなき故に仮にこれを許すとして見ると、この甘酒屋の句は、その趣味と言ひ、趣味の現はしかたと言ひ、古今に稀《まれ》なる句であるとまで感ずるやうになつた。

（七月二十二日）

七十二

○先日『週報』募集の俳句の中に

京極《きょうごく》や夜。店。に。出。づ。る。紙《し》帳売《ちょううり》

といふが碧梧桐《へきごとう》の選に入つて居つた。余り平凡なる句を何故に碧梧桐が選びしかと疑はるるのでよくよく考へて見た末全く中七字が尋常でないといふ事が分つた。普通には「夜店出したる」と置くべきを「夜店に出《い》づる」とした処《ところ》が変つて居るのであつた。「夜店出したる」といへばただ客観的に京極の夜店を見て紙帳売の出て居た事を傍から認めたまでであるが「夜店に出づる」といへばやや主観的に紙帳売の身の上に立ち入つてあたかも小説家が自家作中の主人公の身の上を叙する如《ごと》く、紙帳売のがはから立てた言葉になる。即《すなわ》ち紙帳売になじみがあるやうな言ひかたである。これを演劇にたとへていふならば、幕があくと京極の夜店の光景で、その中に紙帳売が一人居る、これは前の段にしばしば見てなじみになつて居る菊五郎の紙帳売である、といつたやうな趣になる。しかしこの句についてはなほ研究を要する。

（七月二十三日）

七十三

○家庭の事務を減ずるために飯炊会社を興して飯を炊かすやうにしたならば善からうといふ人がある。それは善き考である。飯を炊くために下女を置き竈《かまど》を据ゑるなど無駄な費用と手数を要する。われわれの如《ごと》き下女を置かぬ家では家族の者が飯を炊くのであるが、多くの時間と手数を要する故に病気の介抱などをしながらの片手間には、ちと荷が重過ぎるのである。飯を炊きつつある際に、病人の方に至急な要事が出来るといふと、それがために飯が焦《こ》げ付くとか片煮えになるとか、出来そこなふやうな事が起る。それ故飯炊会社といふやうなものがあつて、それに引請けさせて置いたならば、至極《しごく》便利であらうと思ふが、今日でも近所の食物屋に誂《あつら》へれば飯を炊いてくれぬことはない。たまたまにはこの方法を取る事もあるが、やはり昔からの習慣は捨て難いものと見えて、家族の女どもは、それを厭《いと》ふてなるべく飯を炊く事をやる。ひまな時はそれでも善いけれど、人手の少《すくな》くて困るやうな時に無理に飯を炊かうとするのは、やはり女に常識のないためである。そんな事をする労力を省いて他の必要なる事に向けるといふ事を知らぬからである。必要なる事はその家によつて色々違ふ事は勿論《もちろん》であるが、一例を言へば飯炊きに骨折るよりも、副食物の調理に骨を折つた方が、よほど飯は甘美《うま》く喰《く》へる訳である。病人のある内ならば病床について居つて面白き話をするとか、聞きたいといふものを読んで聞かせるとかする方がよほど気が利いて居る。しかし日本の飯はその家によつて堅きを好むとか柔《やわら》かきを好むとか一様でないから、西洋の麺包《パン》と同じ訳に行かぬ処もあるが、そんな事はどうとも出来る。飯炊会社がかたき飯柔かき飯上等の飯下等の飯それぞれ注文に応じてすれば小人数の内などは内で炊くよりも、誂へる方がかへつて便利が多いであらう。　（七月二十四日）

七十四

○大阪は昔から商売の地であつて文学の地でない。たまには蒹葭堂《けんかどう》、無腸子《むちょうし》のやうな篤志家も出なんだではないが、この地に帷《とばり》を下した学者といふても多くは他国から入りこんで来た者であつた。俳人で大阪者といへば宗因《そういん》、西鶴《さいかく》、来山《らいざん》、淡々《たんたん》、大《おお》江丸《えまる》などであるがこれ位では三府の一たる大阪の産物としてはちともの足らぬ気がする。蕪村《ぶそん》を大阪とすればこれはまた頭《ず》抜《ぬ》けた大立者《おおだてもの》であるが当人は大阪を嫌ふたか江戸と京で一生の大部分を送つた。近時新派の俳句なる者行はるるに至つて青々《せいせい》の如《ごと》き真面目《まじめ》に俳句を研究する者が出たのも、大阪に取つては異数のやうに思はれる。しかのみならず更に一団の少年俳家が多く出て俳句といひ写実的小品文といひ敏捷《びんしょう》に軽妙に作りこなす処《ところ》は天下敵なしといふ勢ひで、何地より出る俳句雑誌にも必ず大阪人の文章俳句が跋扈《ばっこ》して居るのを見るごとに大阪のためにその全盛を賀して居る。しかるにこの少年の一団を見渡すにいづれも皆才余りありて識足らずといふ欠点があつて如何《いか》にも軽薄才子の態度を現はして居る。その文章に現はれたる所に因《よ》つて察するに生意気、ハイカラ、軽躁浮薄《けいそうふはく》、傍若無人《ぼうじゃくぶじん》、きいた風、半可通《はんかつう》、等あらゆるこの種の形容詞を用ゐてもなほ足らざるほどの厭味《いやみ》を備へて居つて、見る者をして嘔吐《おうと》を催さしむるやうな挙動をやつて居るらしいのは当人に取つても甚だ善くない事で、これがために折角発達しつつある才の進路を止めてしまふ事になる、また大阪に取つても前古未曽有《みぞう》の盛運に向はんとするのをこれぎりで挫折してしまふのは惜しい事ではあるまいか。畢竟《ひっきょう》これを率ゐて行く先輩がないのと少年に学問含蓄がないのとに基因するのであらう。幾多の少年に勧告する所は、なるべく謙遜《けんそん》に奥ゆかしく、真面目に勉強せよといふ事である。

（七月二十五日）

七十五

○或人《あるひと》からあきらめるといふことについて質問が来た。死生の問題などはあきらめてしまへばそれでよいといふた事と、またかつて兆民居士《ちょうみんこじ》を評して、あきらめる事を知つて居るが、あきらめるより以上のことを知らぬと言つた事と撞着《どうちゃく》して居るやうだが、どういふものかといふ質問である。それは比喩《ひゆ》を以《もっ》て説明するならば、ここに一人の子供がある。その子供に、養ひのために親が灸《きゅう》を据ゑてやるといふ。その場合に当つて子供は灸を据ゑるのはいやぢやといふので、泣いたり逃げたりするのは、あきらめのつかんのである。もしまたその子供が到底逃げるにも逃げられぬ場合だと思ふて、親の命ずるままにおとなしく灸を据ゑてもらふ。これは已《すで》にあきらめたのである。しかしながら、その子供が灸の痛さに堪へかねて灸を据ゑる間は絶えず精神の上に苦悶《くもん》を感ずるならば、それは僅《わず》かにあきらめたのみであつて、あきらめるより以上の事は出来んのである。もしまたその子供が親の命ずるままにおとなしく灸を据ゑさせるばかりでなく、灸を据ゑる間も何か書物でも見るとか自分でいたづら書きでもして居るとか、さういふ事をやつて居つて、灸の方を少しも苦にしないといふのは、あきらめるより以上の事をやつて居るのである。兆民居士が『一年有半《いちねんゆうはん》』を著した所などは死生の問題についてはあきらめがついて居つたやうに見えるが、あきらめがついた上で夫《か》の天命を楽しんでといふやうな楽しむといふ域には至らなかつたかと思ふ。居士が病気になつて後頻《しき》りに義太夫《ぎだゆう》を聞いて、義太夫語りの評をして居る処《ところ》などはややわかりかけたやうであるが、まだ十分にわからぬ処がある。居士をして二、三年も病気の境涯にあらしめたならば今少しは楽しみの境涯にはひる事が出来たかも知らぬ。病気の境涯に処しては、病気を楽しむといふことにならなければ生きて居ても何の面白味もない。（七月二十六日）

七十六

○近頃月樵の大幅を見た。それは雪中に狸《たぬき》の歩いて居る処《ところ》で、弓張月《ゆみはりづき》が雲間から照して居る。狸を真中に画いてその前後には枯茅《かれかや》の如《ごと》きものに雪の積んだ処があしらつてある。画の中の材料はそれきりで極めて簡単であるが、最も不思議な事は、狸の顔の上半分と背中の処だけは薄墨で画いて、その余は真黒に画いてある。その淡墨と濃墨との接する処は極めて無造作であつて、近よつてこれを見ると何とも合点《がてん》のゆかぬほどであるが、少し遠ざかつて見ると背中の淡白《うすじろ》い処が朦朧《もうろう》として面白く見える。これは多少雪も積つて居るであらうし、その上を月が照《てら》して居るためにかういふ風に見えるといふ趣をあらはして居る。かやうな処へ趣向を凝《こ》らすのは月樵《げつしよう》の月樵たる所で、とても他人の思ひ及ぶ所ではない。また第二に少し遠ざかつて見るやうに画いたのは例の髪の毛を一本一本画くやうな小細工な日本画家と同日に論じられん所である。

前に月樵の名誉が揚《あが》らないといふた事について或人《あるひと》はわざわざ手紙をよこして、月樵の名誉の高き事をいふてあつた。余も月樵の名誉が全くないとは思はないけれど、今日ある所の名誉は実際の技倆《ぎりよう》に比して果して相当な名誉であるであらう歟《か》、それが疑はしいのである。蕪村《ぶそん》の俳句における名誉も、いつも多少の地位を占めて居つた事は明かであるが、その名誉は固《もと》より実際の技倆に副《そ》ふほどの名誉ではなかつたので、明治の今日に至つて、始めて相当の名誉を得たのである。現に月樵の事について手紙をよこした人も、月樵が或時蘆雪《ろせつ》と共に一日百枚の席画を画いたが日の暮頃に蘆雪はまだ八十枚しか画かないのに月樵はすでに九十枚画いて居つた。これでも月樵の筆の達者な事がわかると、自慢してあつた。けれどもそれらは実に不見識な話で、元来席画などは、画かきの戯《たわむれ》に画くものである。それを百枚画いたとて、二百枚画いたとて、少しも名誉にはならぬ。こんな事で誉《ほ》められては月樵も迷惑するであらう。月樵の本分は何処にあるか、まだ世間には知られて居らんと見える。

（七月二十七日）

七十七

○『日本』へ掲載の俳句は敢《あえ》て募集するとにはあらねど篤志の人は投書あるべし。投書は紙一枚一題に限る。一枚ごとに雅号を記し置くべし。題はその季のもの何にてもよろし。かく横着にも敢て募集せずなどといふは投書を排斥するの意には非《あら》ず。もし募集すといふ以上は検閲の責任重くなりて病身の堪ふる所に非ず。場合によりては善き句も見落す事あるべく、また初め四、五句読みてその出来加減を試みそのままほかの句は目も通さで棄《す》つる事もあるべし。かかる無責任の見様にてもかまはぬ人は俳句を寄せられたし。

○この頃「古池旧蹟芭蕉《ばしょう》神社創立十年祭記念物奉納 並《ならびに》大日本俳家人名録発行緒言」と題する刷物《すりもの》の内に賛成員補助員などの名目ありて我名もその補助員の中に記されたり。されどこは我が知る所に非ず。尤《もっと》も幹雄翁には十年ほど前一、二度面会したる事あり。明治二十六年奥州行脚《あんぎゃ》に出掛し時などは翁の紹介書を得たるなど世話になりたる事もあり。されど古池教会には何の関係もなくまた俳家人名録などいふ事にも何らの関係なし。

○毎週水曜日及《および》日曜日を我庵《わがいお》の面会日と定め置く。何人《なんぴと》にても話のある人は来訪ありたし。但《ただ》しこの頃の容態にては朝寐起《ねおき》後は苦しき故、朝早く訪《と》はるる事だけは容赦ありたし。病人の事なれば来客に対しても相当の礼を尽す能《あた》はず、あらゆる無礼を為《な》すは勿論《もちろん》、余り苦しき時は面会を断る事もあるべし。そのほか場合によりて我儘《わがまま》をいひ指図がましき事などをいふかも知れず。これらは前以《まえもっ》て承知あらん事を乞《こ》ふ。話の種は雅俗を問はず何にても話されたし。学術と実際とにかかはらず各種専門上の談話など最も聴きたしと思ふ所なり。短冊《たんざく》、書画帖などその他総《すべ》て字を書けとの依頼は断り置く。また面会日以外は面会せずといふわけには非ず。

（七月二十八日）

七十八

○西洋の審美学者が実感仮感といふ言葉をこしらへて区別を立てて居るさうな。実感といふのは実際の物を見た時の感じで、仮感といふのは画に画いたものを見た時の感じであるといふ事である。こんな区別を言葉の上でこしらへるのは勝手であるが、実際実感と仮感と感じの有様がどういふ風に違ふかわれにはわからぬ。例へばパノラマを見るやうな場合について言ふて見ると、パノラマといふものは実物と画とを接続せしめるやうに置いたものであるから、これに対して起る所の感じは実感と仮感と両方の混合したものであるが、その実物と画との境界にあるもの即《すなわ》ち実物やら画やら殆《ほとん》どわからぬ所のものに対して起る所の感じは何といふ感じであらうか。

もし画に画いてあるものを実物だと思ふて見たならばその時は画に対して実感が起るといふても善いのであらうか。また実物を画と誤つて見た時の感じは何といふ感じであらうか。その時に実物に対して仮感が起つたといふても善いのであらうか。さうなると実感が仮感か、仮感が実感か少しも分らぬではないか。元来画を見た時の感じを仮感などと名付けた所で、その仮感なるものの心理上の有様が十分に説明してない以上は議論にも成らぬことである。われわれが画を見た時の感じは、種々複雑して居つて、その中には実物を見た時の実感と、同じやうな感じも幾らかこもつて居る。そのほか彩色または筆力等の上において美と感ずるやうな感じもこもつて居る。しかるにそれをただ仮感と名付けた所で、どんな感じを言ふのか捕へ所のないやうな事になる。われは審美学の書物を読んだ事もなければ、またこれから読む事も出来ぬ。もしわが説が謬《あやま》つて居るならば、教を聞きたいものである。

（七月二十九日）

七十九

○夏の長き日を愛すといへる唐のみかどの悟りがほなるにひきかへ我はかび生《お》ふる寝床の上にひねもす夜もすがら同じ天井を見て横たはることのつらさよ。立ちてはたらく人はしばらくの暇を得て昼寐《ひるね》の肱《ひじ》を曲げなんと思ふ頃、我は杖《つえ》にすがりて一足二足庭の木の影を踏まば如何《いか》にうれしからんと思ふ。されどせんなし。暑き日は暑きに苦しみ雨の日は雨に苦しみ、いたづらに長き日を書も読までぼんやりとあれば、はては心もだえ息せまり手を動かし声を放ち物ぐるはしきまでになりぬるもよしなしや。この頃すこしく痛みのひまあるに任せて俳句など案じわづらふほどに古《いにしえ》の俳人たちはかかる夏の日を如何にして送りけんなど思ひつづくれば、あら面白、その人々の境涯あるはその宿の有様ありありと眼の前に浮ぶままにまぼろしを捉《とら》へて、一句また一句、十余人十余句を得てけり。試みに記して昼寐の目ざまし草、茶のみ時の笑ひ草にもなさんかし。

芭《ば》蕉《しょう》

破《やれ》団扇《うちわ》夏も一《いち》爐《ろ》の備へかな

其《き》角《かく》

粛《しゅく》山《ざん》のお相手暑し昼一斗

去来

柿《かき》の花散るや仕官の暇《いとま》無き

丈草

青嵐去来や来ると門に立つ

智《ち》月《げっ》尼《に》

義《ぎ》仲《ちゅう》寺《じ》へ乙《おと》州《くに》つれて夏《げ》花《ばな》摘《つみ》

園《その》女《め》

罌《け》粟《し》咲くや尋ねあてたる智月庵

惟《い》然《ぜん》

昼《ひる》蚊《が》帳《や》に乞《こ》食《じき》と見れば惟然坊

鬼《おに》貫《つら》

酒を煮る男も弟子の発句つくり

太《たい》祇《ぎ》

俳諧の仏千句の安《あん》居《ご》かな

蕪《ぶ》村《そん》

団扇二つ角《かく》と雪とを画きけり

召《しょう》波《は》

村と話す維《これ》駒《こま》団扇取つて傍に

几《き》董《とう》

李《り》斯《し》伝《でん》を風吹きかへす昼寐かな

（七月三十日）

八十

○七月二十九日。火曜日。曇。

昨夜半碧《へき》梧《ご》桐《とう》去りて後眠られず。百合《ゆり》十句忽《たちま》ち成る。一時過ぎて眠る。朝六時睡《ねむり》覚《さ》む。蚊《か》帳《や》はづさせ雨戸あけさせて新聞を見る。玉利《たまり》博士の西洋梨《せいようなし》の話待ち兼ねて読む。印度《インド》仙人談完結す。

二時間ほど睡《ねむ》る。

九時頃便通後やや苦しく例に依《よ》りて麻痺剤《まひざい》を服す。薬いまだ利かざるに既に心愉快になる。

この時老母に新聞読みてもらふて聞く。振仮名をたよりにつまづきながら他愛もなき講談の筆記抔《など》を読まるるを、我は心を静めて聞きみ聞かずみうとうととなる時は一日中の最も楽しき時なり。

牛乳一合、麺包《パン》すこし。

胡桃《くるみ》と蚕豆《そらまめ》の古きものありとて出しけるを四《し》、五箇《ごこ》づつ並べて菓物帖《くだものちょう》に写生す。

午飯《ひるめし》、卯《う》の花鮓《はなずし》。豆腐《とうふ》滓《かす》に魚肉をすりまぜたるなりとぞ。

また昼寐《ひるね》す。覚めて懐中汁粉《かいちゅうじるこ》を飲む。

午後四時過左千夫《さちお》今日の番にて訪《と》はる。

晩飯、飯三碗、焼物、芋、茄子《なす》、富貴豆《ふきまめ》、三杯酢漬。飯うまく食ふ。

庭前に咲ける射干《ひおうぎ》を根ながら掘りて左千夫の家土産《いえづと》とす。

床の間の掛物亀《かめ》に水草の画、文鳳《ぶんぽう》と署名しあれど偽筆らし。

座敷の掛額は不折《ふせつ》筆の水彩画、富士五合目の景なり。銅瓶《どうびん》に射干一もとを挿《はさ》む。小鉢に富士の焼石を置き三寸ばかりの低き虎杖《いたどり》を二、三本あしらひたるは四絶生の自《みずか》ら造りて贈る所。

（七月三十一日）

八十一

○食物につきて数件

一、茶の会席料理は普通の料理屋の料理と違ひ変化多き者ならんと思へり。しかるに茶の料理もこれを料理屋に命ずればやはり千篇一律なり。曰《いわ》く味噌汁《みそしる》、曰く甘酢、曰く椀盛、曰く焼物と。かくの如《ごと》き者ならば料理屋に依頼せずして亭主自ら意匠を凝らすを可とす。徒《いたずら》に物の多きを貪《むさぼ》りて意匠なきは会席の本意に非《あら》ず。

一、東京の料理はひたすらに砂糖的甘味の強きを貴ぶ。これ東京人士の婦女子に似て柔弱なる所以《ゆえん》なり。

一、東京の料理はすまし汁の色白きを貴んで色の黒きを嫌ふ。故に醬油《しょうゆ》を用ゐる事極めて少量なり。これ椀盛などの味淡泊水の如く殆《ほと》ど喫するに堪へざる所以なりと。些細《ささい》の色のために味を損ずるは愚の極《きわみ》といふべし。

一、餅菓子《もちがし》の白き色にして一箇一銭を値する者その色を赤くすれば則《すなわ》ち一箇二銭五厘《ご りん》となる。味に相違あるに非ず。しかも一箇にして一銭五厘の相違は染料の価なりと。贅沢《ぜいたく》に似たれどもその観の美は人をしてその味の美を増す思ひあらしむ。

一、鯛《たい》の白子は栗子《あわこ》よりも遥《はる》かに旨《うま》し。しかも世人この味を解せざるために白子は価廉に栗子は貴し。

一、醬油の辛きは塩の辛きに如《し》かず。山葵《わさび》の辛きは薑《しょうが》の辛きに如かず。

（八月一日）

八十二

○我々の俳句仲間にて俗宗匠の作る如《ごと》き句を月並調と称す。こは床屋連、八公連などが月並の兼題を得て景物取りの句作を為《な》すよりかくいひし者が、俳句の流行と共に今は広く拡がりて、わけも知らぬ人まで月並調といふ語を用ゐるやうになれり。

従つて或《あ》る場合には俳句以外の事にまで俗なる者はこれを月並と呼ぶ事さへ少《すくな》からず。近頃或人と衣食住の月並といふ事を論じたる事あり。着物の縞柄《しまがら》につきても極めて細き縞を好むは月並なり。着物の地合《じあい》につきていへば縮緬《ちりめん》の如きは月並なり。食物についていへば砂糖蜜《さとうみつ》などを多く入れてむやみに甘くしたるは月並なり。住居についていへば床の間の右側の柱だけ皮附きの木にするは月並なり。この類枚挙に遑《いとま》あらず。しかるに俳句の上にて月並の何たるを解する人にしてかへつて日用衣食住の上には殆《ほとん》ど月並臭味を脱する能《あた》はざる人極めて多し。例へば着物の縞などは殊に細かきを貴ぶ人多く、しかもその月並たるを知らざるのみならずかへつて縞柄の大きく明瞭なるを以《もっ》て俗と称《とな》ふるが如きあり。これらは流俗に雷同してその可否を研究せざるにもよるべく、将《は》た俳句に得たる趣味を総《すべ》ての上に一貫せしむる事を思はぬにもよるべし。俳句の俗宗匠が細みなどと称へて極めて些細《ささい》なる下らぬ事を句に作りて喜ぶはいはゆる細みを誤解したる者なり。大きなる景色などを詠《よ》みたる句は面白からずとも俗には陥らざるべし。画にても例の髪の毛を一本づつ画きたる如きは勿論《もちろん》これを月並といふべし。しかるに着物の縞に限りて細きを好むが如きは衣服は殊に虚飾を為すには必要なる者なれば色気ある少年たちの徒《いたずら》に世の流行に媚《こ》びて月並に落ちたるをも知らざる者多きは笑止なり。婦人の上は姑《しばら》く措《お》く。男子にして修飾を為さんとする者は須《すべから》く一箇《いっこ》の美的識見を以て修飾すべし。流行を追ふは愚の極《きわみ》なり。美的修飾は贅沢《ぜいたく》の謂《いい》に非《あら》ず、破袴弊衣《はこへいい》も配合と調和によりては縮緬よりも友禅よりも美なる事あり。名古屋山三《なごやさんざ》が濡燕《ぬれつばめ》の縫ひは美にして伊左衛門の紙衣《かみこ》は美ならずとはいひ難し。余は修飾を以て悪《あ》しき事とは思はず、ただ一般の俗人はいふまでもなく、俳句の上にては高尚なる趣味を解する人さへ、月並的修飾を為すを悲しむなり。（八月二日）

八十三

○能楽社会には家元なるものがあつて、それが技芸に関する一切の事の全権を握つて居る。例へばシテの家元には金春《こんぱる》、金剛《こんごう》、観世《かんぜ》、宝生《ほうしょう》、喜多《きた》といふのがある。ワキの家元には宝生、進藤などいふのがある。そのほか大鼓《おおつづみ》の家元は誰とか、小鼓の家元は誰とか一々きまつて居る。狂言の方にも大蔵流、鷺流《さぎりゅう》などそのほかにもある。

さうしてこれらの家元がおのおの跋扈《ばっこ》して自分の流儀に勿体《もったい》を附け、容易に他人には流儀の奥秘《おうひ》を伝授せぬなどといふ事に成つて居る。けれども昔の時代はそれでも善かつたが、今日の世の中では今少し融通を附けて遣《や》つて行かぬと、能楽界が滅びてしまひはせぬかとの懸念がある。今日では最早《もはや》能役者に扶持《ふち》の附いて居る時代ではないのである。それにもかかはらず各種の芸に一々家元呼ばはりなどをして居つては、人が足らないで能楽が出来ぬやうな事に成つてしまふ。其処《そこ》で今日の場合に応じて行かうといふには、一人で出来るだけの芸を兼ねて遣るやうにしたらば善からうと思ふ。例へば小鼓を打つものは大鼓を打ち太鼓も打つ位のことは訳ないであらう。あるいはワキ師がハヤシ方に成つても善からう。もし出来るならばシテも遣る、ワキも遣る、ハヤシ方も遣る、狂言も遣る、さういふやうな人もあつて差支《さしつかえ》ないであらう。かういふ事をいふと昔風な頑固な人は、それは出来るものでないと拒むかも知れない、一芸に達する事さへ容易でないのに数芸に達するなんかは思ひも寄らぬ事であるなどといふであらう。それも一理がないではないが必ずしもさういふ訳のものでもない。昔の人は漢学を知つて居るものは国学を知らない。詩人は歌を作ることを知らない。歌人は俳句を作る事を知らない。昔は総《すべ》てさういふ風であつたのである。それが明治に成つて見ると歌を作り俳句を作るといふ者も沢山《たくさん》出来て来た。詩も作り歌も作るといふ者も出来て来た。中には数学専門の人で俳句を作る者もある。して見ると能役者が二芸三芸兼ねる位の事は訳もない事といはねばならぬ。その上にその成績はどうかといふと一芸専門の者が皆達者で二芸以上兼修の者は腕が鈍いといふでもない。それは俳句界で第一流といはれる蕪村《ぶそん》が画の方でもまた凡人にすぐれた技倆《ぎりょう》を持つて居つたのでもわかる。尤《もっと》もこれは誰にでも出来るといふ訳ではないから、人を強《し》ふる訳には行かぬが、もし自分が奮発して遣つて見ようといふものがあるならば二芸でも三芸でも修めるが善いであらうと思ふ。家元なる人もまたかくの如《ごと》き後進を扶《たす》けて行く事に力《つと》めて、ゆめにもその進路を妨げるやうな事をしてはならぬ。（八月三日）

八十四

○この頃病床の慰みにと人々より贈られたるものの中に

鳴雪翁《めいせつおう》より贈られたるは柴又《しばまた》の帝釈天《たいしゃくてん》の掛図である。この図は日蓮《にちれん》が病中に枕元に現はれたといふ帝釈天の姿をそのまま写したもので、特に病気平癒には縁故があるといふて贈られたのである。その像は四寸ばかりの大きさで全体は影法師を写したといふために黒く画いてある。顔ばかりやや明瞭で、菱形《ひしがた》の目が二つ並んで居る。傍には高祖真毫《しんごう》自刻帝釈天王、東葛西《ひがしかさい》領柴又、経栄山題経寺と書いてある。上の方には例の鬚題目《ひげだいもく》が書いてあつてその傍に草書でわからぬ事が沢山《たくさん》書いてある。その中に南無《なむ》釈迦《しゃか》牟尼《むに》仏《ぶつ》とか、病之良薬《やまいのりょうやく》とかいふのが僅《わず》かに読める。いろいろな神様を祭らせてなるべく信仰の種類を多くせうとした日蓮の策略は浅墓《あさはか》なやうであるけれども、今日に至るまで多くの人の信仰を博して柴又の縁日には臨時汽車まで出させるほどの勢ひを持つて居るのは、日蓮のえらい事を現はして居る。

鼠骨《そこつ》より贈つてくれた玩器《がんき》は、小さい丸い薄いガラスの玉の中に、五分《ごぶ》位な人形が三つはひつて居る。その人形の頭は赤と緑と黒とに染分けてある。それでその玉に水を入れて、口を指で塞《ふさ》いで玉を横にすると、人形が上の方に浮き上つたりまた下に沈んだりするやうになつて居る。しかもその人形は同時に浮き沈みせずして別々に浮き沈みする。これは薄いガラスを指で圧するために圧せられたる水が人形の空虚に出入して、それがために浮沈するのであらう。簡単な物であるけれど、物理を応用して、子供などを喜ばせるやうに出来て居る処《ところ》はうまいものである。これに口上が添ふと一層面白くなるので、露店の群がつて居る中でも、この玩器を売る店は最も賑《にぎ》はふ処であるさうな。実際の口上は知らぬが、鼠骨の仮声《こわいろ》を聞いてもよほど興がある。「赤さんお上り、青さんお上り」「青さんお下り、黒さんお下り」「小隊進めオイ」などとしやべりながら、片方の手でガラスの外から糸を引くやうな真似《まね》をするのは、鼠骨得意の処である。今一つの玩器は、日比野藤太郎先生新発明の活動写真といふので、これは丁度、トランプほどの大きさの紙が三十枚ほど揃《そろ》へてあつて、それには相撲の取組んで居る絵が順を追ふて変化するやうに画いてある。それを指の先で一枚づつばらばらとはじいて見るので活動写真になるのぢやさうな。人を馬鹿にして居る処が甚だ面白い。

義郎《ぎろう》が贈つたといふよりも実際目の前でこしらへて見せた田面《たのも》の人形といふのがある。これは義郎の来る日があたかも新暦の八月一日に当つて居つたので、義郎の故郷(伊予小松)でする田面の儀式をして見せたのである。それは糝粉《しんこ》で二、三寸ばかりの粗末な人形を沢山作つて、盆のぐるりに並べる。その中央にはやはり糝粉の作り物を何でも思ひ思ひにこしらへて置くのぢやさうな。余の幼き時に僅かに記憶して居るのは、これと少し違つて黍殼《きびがら》に赤紙の着物などを着せて人形として、それを板の上に沢山並べるのであつた。この田面祭りといふのは百姓が五穀を祭る意味であるから、国々の田舎に依《よ》つて多少の違ふた儀式が残つて居るであらうと思ふ。しかし人形の行列を作るのは何の意味であるかよくわからぬ。（八月四日）

八十五

○この頃茂りといふ題にて俳句二十首ばかり作りて碧虚両子に示す。碧梧桐《へきごとう》は

天狗《てんぐ》住んで斧《おの》入らしめず木の茂り

の句善しといひ虚子《きよし》は

柱にもならで茂りぬ五百年

の句善しといふ。しかも前者は虚子これを取らず後者は碧梧桐これを取らず。

植木屋は来《きた》らず庭の茂りかな

の句に至りては二子共に可なりといふ。運座《うんざ》の時無造作にして意義浅く分りやすき句が常に多数の選に入る如《ごと》く、今二子が植木屋の句においいて意見合したるはこの句の無造作なるに因《よ》るならん。その後百合《ゆり》の句を二子に示して評を乞《こ》ひしに碧梧桐は

用ありて在所へ行けば百合の花

の句を取り、虚子は

姫百合やあまり短き筒の中

の句を取る。しかして碧梧桐後者を取らず虚子前者を取らず。

畑もあり百合など咲いて島ゆたか

の句は余が苦辛《くしん》の末に成りたる者、碧梧桐はこれを百合十句中の第一となす。この句いまだ虚子の説を聞かず。賛否を知らず。

（八月五日）

八十六

○このごろはモルヒネを飲んでから写生をやるのが何よりの楽しみとなつて居る。

けふは相変らずの雨天に頭がもやもやしてたまらん。朝はモルヒネを飲んで蝦夷菊《えぞぎく》を写生した。一つの花は非常な失敗であつたが、次に画いた花はやや成功してうれしかつた。午後になつて頭はいよいよくしやくしやとしてたまらぬやうになり、終《つい》には余りの苦しさに泣き叫ぶほどになつて来た。そこで服薬の時間は少《すく》くも八時間を隔てるといふ規定によると、まだ薬を飲む時刻には少し早いのであるが、余り苦しいからとうとう二度目のモルヒネを飲んだのが三時半であつた。それから復《また》写生をしたくなつて忘れ草(萱草《かんぞう》に非《あら》ず)といふ花を写生した。この花は曼珠沙華《まんじゅしゃげ》のやうに葉がなしに突然と咲く花で、花の形は百合《ゆり》に似たやうなのが一本に六つばかりかたまつて咲いて居る。それをいきなり画いたところが、大々失敗をやらかして頻《しき》りに紙の破れ尽すまでもと磨《す》り消したがそれでも追付かぬ。甚だ気合くそがわるくて堪《たま》らんので、また石竹《せきちく》を一輪画いた。これも余り善い成績ではなかつた。とかくこんなこととして草花帖が段々に画き塞《ふさ》がれて行くのがうれしい。八月四日記。

(八月六日)

八十七

○草花の一枝を枕元に置いて、それを正直に写生して居ると、造化の秘密が段々分つて来るやうな気がする。（八月七日）

八十八

○八月六日。晴。朝、例によりて苦悶《くもん》す。七時半麻痺剤《まひざい》を服し、新聞を読んでもらふて聞く。牛乳一合。午餐《ごさん》。頭苦しく新聞も読めず画もかけず。されど鳳梨《パインアップル》を求め置きしが気にかかりてならぬ故休み休み写生す。これにて菓物帖《くだものちょう》完結す。始めて鳴門蜜柑《なるとみかん》を食ふ。液多くして夏橙《なつだいだい》よりも甘し。今日の番にて左千夫《さちお》来る。午後四時半また服剤。夕刻は昨日よりやや心地よし。夕刻寒暖計八十三度。（八月八日）

八十九

○或《あ》る絵具と或る絵具とを合せて草花を画く、それでもまだ思ふやうな色が出ないとまた他の絵具をなすつてみる。同じ赤い色でも少しづつの色の違ひで趣が違つて来る。いろいろに工夫して少しくすんだ赤とか、少し黄色味を帯びた赤とかいふものを出すのが写生の一つの楽しみである。神様が草花を染める時もやはりこんなに工夫して楽しんで居るのであらうか。（八月九日）

九十

○梅も桜も桃も一時に咲いて居る、美しい岡の上をあちこちと立つて歩いて、こんな愉快な事はないと、人に話しあつた夢を見た。睡眠中といへども暫時《ざんじ》も苦痛を離れる事の出来ぬこの頃の容態にどうしてこんな夢を見たか知らん。（八月十日）

九十一

○。。。。。。。。。。。。。。。。。。。。。
○日本酒がこの後西洋に沢山輸出せられるやうになるかどうかは一疑問である。西洋人に日本酒を飲ませて見ても、どうしても得飲まんさうぢや。これは西洋と日本と総ての物がその嗜好の違ふにつれてその趣味も異つてゐるやうに単に習慣の上より来て居るものとすれば、日本の名が世界に広まると共に、日本の正宗《まさむね》の瓶詰《びんづめ》が巴里《パリ》の食卓の上に並べられる日が来ぬとも限らぬ。しかしわれわれ下戸《げこ》の経験を言ふて見ると、日本の国に生れて日本酒を嘗《な》めて見る機会はかなり多かつたにかかはらず、どうしてもその味が辛いやうな酸《すつ》ぱいやうなヘンな味がして今にうまく飲む事が出来ぬ。これに反して西洋酒はシャンパンは言ふまでもなく葡萄酒《ぶどうしゅ》でもビールでもブランデーでもいくらか飲みやすい所があつて、日本酒のやうに変テコな味がしない。これは勿論《もちろん》下戸の説であるからこれでもつて酒の優劣を定めるといふのではないが、とにかく西洋酒よりも日本酒の方が飲みにくい味を持つてゐるといふ事は多少証明せられて居る。それでも日本酒好《ずき》になると、何酒よりも日本酒が一番うまいと言ふことは殆《ほとん》ど上戸《じょうご》一般に声を揃《そろ》へて言ふ所を見ると、その辛いやうな酸ぱいやうな所がその人らには甘《うま》く感ぜられるやうに出来て居るのに違ひない。西洋人といへども段々日本趣味に慣れて来る者は、日本酒を好むやうな好事家もいくらかは出来ぬ事はあるまいが、日本の清酒が何百万円といふほど輸出せられて、それがために酒の値と米の値とが非常に騰貴して、細民が困るといふやうな事は先《ま》づ近い将来においてはないといふてよからう。（八月十一日）

九十二

○大倣小倣五対

（木）大阪の博覧会場内へ植ゑつけた並木は宮内省から貰《もら》ひ受けた何やらの木も甚だ生長が悪く十分に茂りを見せぬさうな。これは初め福羽《ふくば》氏より話があつたやうに銀杏《いちょう》の並木にして欲しかつた。銀杏の並木といふ事を聞いてから意外の考案に驚かされて今にこれを夢想して居るのぢやが、博覧会場などでなく永久に保存すべき地に銀杏の並木を造つて五十年百年と経過したなら如何《いか》に面白きものになるであらうか。夏の青葉の清潔にして涼しき、殊に晩秋より初冬にかけて葉が黄ばんで来た時の風致は楓《かえで》や櫨《はぜ》などの紅葉とも違ふて得も言はれぬ趣であらう。冬枯に落葉して後もまた一種のさびた趣があつて他の凡木とは同日の論でない。それに銀杏の葉といふものも形の雅に色の美しきのみならず虫さへ食はぬほどの清潔な者であるから何かこれを装飾に利用したら雅致のある者が出来はすまいかと思はれる。

去年の夏、毎日々々暑さに苦しめられて終日病床にもがいた末、日脚《ひあし》が斜めに樹《き》の影を押して、微風が夕顔の白き花を吹《ふ》き揺《うご》かすのを見ると何ともいはれぬ善い心持になつて始めて人間に生き返るのであった。その昼中の苦とその夕方の愉快さとが忘られんので今年も去年より一倍の苦を感ずるのは知れきつて居るから、せめて夕顔の白き花でも見ねばとてもたまるまいと思ふて夕顔の苗を買ふて病室の前に植ゑつけたが一本も残らず枯れてしまふた。看病のために庭の掃除も手入も出来ぬ上に、植木屋が来てくれんで松も椎《しい》も枝がはびこつて草苗などは下陰になつて生長することが出来ぬのであらう。もう今頃は白い花が風に動いて居るだらうと思ふと、見ぬ家の夕顔さへ面影に立つて羨《うらや》ましくて羨ましくてたまらぬ。

(火)福岡の衛戍《えいじゅ》病院は三十余年前に床の下に入れて置いた地雷火《じらいか》がこの頃思ひ出したやうに爆発して人を焼き殺したさうな。

我家の炭も木ツパも連日の雨に濡《ぬ》れていくら燃やしつけても燃えぬ。それがために朝飯がいつも後れる。

（八月十二日）

九十三

この頃の霖《りん》雨《う》で処々に崖《がけ》が崩れて死傷を出した処《ところ》もあるさうだ。その中にも横須賀の海軍経理部に沿ふた路傍の崖崩れは最も甚だしき被害を与へたもので、十ばかりの人命と三台の人力車とを一時に埋め去つたとは気の毒な次第である。

我が草庵の門前は鶯《うぐいす》横丁《よこちょう》といふて名前こそやさしいが、随分嶮《けん》悪《あく》な小路で、冬から春へかけては泥濘《でいねい》高下駄を没するほどで、ために来訪の客はおろし立ての白足袋《しろたび》を汚してしまふたといふやうな事は珍しくもないのである。それがこの頃は夏であるにかかはらず長雨のために門前の土が掘取つたやうにくぼくなつたさうで、知らない人はここで下駄をくねらしてころぶこともあるやうすで

（土）

（大倣小倣のツヅキ）

ある。誠に気の毒な次第である。

（金）枝光《えだみつ》の製鉄所では鎔鉱炉の作業を中止したさうだ。

草庵の台所では段々暑気に向ふて咽喉《のど》のかわきをいやす工夫が必要になつたので、大なるブリキの薬缶《やかん》を買ふて来て麦湯の製造に着手して居る。

（水）梅雨《つゆ》になつて降り出して、梅雨があけて復《また》降り出して、土用に入りて降り出して土用があけて復降り出したといふ、のべつ晴れなしの雨天なので、この頃では大川も小川も到る処溢《あふ》れ出して家を浸して居る処もあり田畑を浸して居る処もある。泥鰌《どじょう》は喜んで居るだらうが、人間には随分ひどい害をなして居る。常に枕元に置いて居る硯《すずり》はその溝が幅が狭くて深さも余り深くないが、今まで水入れの水を入れるのにガブと入れ過ぎたやうな時でも一度も溢れ出した事はない。それは硯の両側にも浅い溝が掘つてあるので、この溝は平生《へいぜい》用を為《な》さぬやうであるが、それがために洪水を防ぐやうに出来て居る。この法を以《もつ》て治めたら如何《いか》なる大河の水も治まらぬ事はあるまい。（ヲハリ）（八月十三日）

九十四

○上総《かずさ》にて山林を持つ人の話

一、この頃の杉の繁殖法は実生《みしょう》によらずして多くさし穂を用ゐる事

一、杉の枝は十年三十年六十年の三度位に伐《き》り落す事

一、一丈廻《まわ》りの杉の木は二百年以上を経たる者と知るべき事

一、杉の上等なるものは電信電話の柱として東京へ輸出し、そのほか多く上総戸《かずさど》と称する粗末なる雨戸となして東京へ出す事

一、雨戸は建具屋職人一人にて一日八、九枚より十四、五枚を造る、東京へ持ち出しての相場は今一円に三枚か三枚半との事

一、雨戸を東京へ出すまでに左の七人の手を経る事

一、山主　二、根ぎり（木を伐り倒す人）　三、木《こ》びき　四、建具屋

五、荷馬車　六、停車場運送店　七、東京木材問屋

一、松は二寸に一寸五分角の垂木《たるき》のやうな棒にして出す、これを松わりと呼ぶ事

一、くぬ木《ぎ》は炭となして佐倉へ出す、東京にてサクラ炭といふはこのくぬ木炭なるべき事
一、松の節くれ多く木材にならぬものはこれを炭となす、下等の炭なり、しかし東京の鍛冶屋《かじや》は一般にこれを用ゐる事
一、山林養成に最も害をなすものは第一、野火、第二、馬車の材木を積んで林の間を通る者、第三、小児の悪戯《いたずら》等なる事　（八月十四日）

九十五

○「病牀六尺」（七十八）において実感仮感といふ語の定義について疑を述べて置いたが、その後『審美綱領』といふ書を見たら仮情といふ事を説明してある、これが大かた前にいふた仮感に当つて居るものであらう。しかしこれには「美なる感情を名づけて仮情といふ」と規定してあるのだから仮情といふ語の定義については別に論ずべき余地はない。もし論ずるならば「美なる感情」について論ずべきである。さうなると問題が全く別になる。即《すなわ》ち論理の順序を顛倒《てんとう》せねばならぬ。

この『審美綱領』といふ書を少し読みて見たるに余り簡単なるためと訳語の聞き慣れぬためとにて分りにくい処《ところ》が多いが、かく簡単に、無駄なく順序立ちて書いてある文は世間には少《すくな》い方で甚だ心持が善い。今の新聞雑誌の文は反覆して一事を説明するためその一事をすつかり合点させるには都合が善いが、その弊は冗長に陥つて人を倦《う》ませる事が多い。論説は御免を蒙《こうむ》る、などと言つて一般に新聞の論説を読まぬが都人士《とじんし》の風になつて居るのも、畢竟《ひっきょう》論説欄の無味なるにもとづくと言ふよりも文が冗長になつて論旨が繰り返し繰り返し述べられて居るからであらう。新聞と書籍とは同様に論ずべきではないが、どつちにしても同じやうな事を同じやうな言葉で繰り返されるものが多いのに閉口する。（八月十五日）

九十六

○子供の時幽霊を恐ろしい者であるやうに教へると、年とつてもなほ幽霊を恐ろしいと思ふ感じがやまぬ。子供の時毛虫を恐ろしい者であるやうに教へると、年とつて後もなほ毛虫を恐ろしい者のやうに思ふ。余が幼き時婆々様《ばばさま》がいたく蟇《ひき》を可愛《かわい》がられて、毎晩夕飯がすんで座敷の縁側へ煙草盆《たばこぼん》を据ゑて煙草を吹かしながら涼んで居られると手水鉢《ちょうずばち》の下に茂つて居る一ツ葉の水に濡《ぬ》れて居る下からのそのそと蟇が這《は》ひ出して来る。それがだんだん近づいて来て、其処《そこ》に落してやつた煙草の吹殻《すいがら》を食ふてまたあちらの躑躅《つつじ》の後ろの方へ隠れてしまふ。それを婆々様が甚だ喜ばれるのを始終傍に居つて見て居たために、今でも蟇に対すると床しい感じが起るので、世の中には蟇を嫌ふ人が多いのをかへつて怪しんで居る。読書する事、労働する事、昼寝《ひるね》する事、酒を飲む事、何でも子供の時に親しく見聞きした事は自ら習慣となるやうである。家庭教育の大事なる所以《ゆえん》である。　（八月十六日）

九十七

○玉利《たまり》博士の果物の話の中に、最も善い味を持つて居る西洋梨《せいようなし》が何故流行《はや》らぬかといふと永く蓄へる事が出来ぬからである、しかしこれから後は段々無粒有蔕《むりゅうゆうたい》の梨が流行るであらうといふ事であつた。しかしこれは他にも原因のある事で、西洋梨には汁の少《すくな》いといふ欠点がある、夏日の果物は誰も清涼の液を渇望する傾向があるので、この点において日本の梨が西洋梨に優つて居る間は到底西洋梨が日本梨を圧してしまふことは出来ぬであらう。

果物も培養の結果段々甘美《うま》いものが出《い》で来るやうに成つたが、そのうち堅い果物が段々柔《やわら》かくなつて来るといふのも一つの傾向である。これも博士の話にあつたやうに、人間が堅いものよりも柔かいものを好むやうに嗜好《しこう》が変化した事もあるが、果物などは実際柔かいものは昔はなかつたのが今になつて出て来るやうになつたのである。しかし他の食物について見ても柔かいものを好むといふ傾向が一般に甚だしくなつて来た事が分る。現に旅籠屋《はたごや》の飯が段々柔かくなつたのは近来の事である。始《はじめ》は半衛生《なかば》のため抔《など》といふて居つたものもあつたが、段々柔かい飯を食ひなれると、柔かい方がうま味があるやうに感じて来たのである。果物でも水蜜桃《すいみつとう》の如《ごと》きは極端に柔かくなつて、しかも多量の液を蓄へて居るから善いが、林檎《りんご》の如く肉が柔かでも液の少い者は(甘味と酸味と共にあつて美味なる者のほかは)咽喉《のど》を通りにくいやうで余り旨《うま》くもなく従つて沢山《たくさん》は食はれぬ。バナナの如きも液はないけれど善く熟した者は濡《うるお》ひがあつて食ひやすい所がある。柔かな者には濡ひが多いといふが通則である。

（八月十七日）

九十八

○天台の或《あ》る和尚《おしょう》さんが来られて我《わが》病室にかけてある支那の曼陀羅《まんだら》を見て言はれるには、曼陀羅といふものは元《も》と婆羅門《バラモン》のもので仏教ではこれを貴ぶべきいはれはないものである、これは子供が仏様の形などをこしらへて並べて遊んで居るのと同じ意味のものである、と言ふて聞かされた。

（八月十八日）

九十九

○おくられものくさぐさ

一、史料大観（台記《たいき》、槐記《かいき》、扶桑《ふそう》名画伝）

このふみを、あましし人、このふみを、よめとたばりぬ、そをよむと、ふみあけみれば、もじのへに、なみだしながる、なさけしぬびて

一、やまべ（川魚）やまと芋は節《たかし》より

しもふさの、ゆふきごほりの、きぬ川の、やまべのいをは、はしきやし、見てもよきいを、やきてにて、うまらにをせと、あたらしも、かれの心を、おくりくる、みちにあざれぬ、そをやきて、うまらにくひぬ、うじははへどもそらみつやまとのいもは鳶《とび》のねのとろゝにすなるつくいもなるらし

一、やまめ(川魚)三尾は甲州の一五坊より

なまよみの、かひのやまめは、ぬばたまの、夜ぶりのあみに、三つ入りぬ、その三つみなを、わにおくりこし

一、仮面二つ某より

わざをぎの、にぬりのおもて、ひよとこの、まがぐちおもて、世の中の、おもなき人に、かさんこのおもて

一、草花の盆栽一つはふもとより

秋くさの、七くさ八くさ、一はちに、あつめてうゑぬ、きちかうは、まづさきいでつ、をみなへしいまだ

一、松島のつとくさぐさは左千夫《さちお》蕨真《けっしん》より

まつしまの、をしまのうらに、うちよする、波のしらたま、そのたまを、ふくろにいれて、かへりこし、うたのきみふたり

（八月十九日）

百

○「病牀六尺」が百に満ちた。一日に一つとすれば百日過ぎたわけで、百日の日月は極めて短いものに相違ないが、それが余にとつては十年も過ぎたやうな感じがするのである。ほかの人にはないことであらうが、余のする事はこの頃では少し時間を要するものを思ひつくと、これがいつまでつづくであらうかといふ事が初めから気になる。些細《ささい》な話であるが、「病牀六尺」を書いて、それを新聞社へ毎日送るのに状袋に入れて送るその状袋の上書《うわがき》をかくのが面倒なので、新聞社に頼んで状袋に活字で刷つてもらふた。そのこれを頼む時でさへ病人としては余り先《さ》きの長い事をやるといふて笑はれはすまいかと窃《ひそ》かに心配して居つた位であるのに、社の方では何と思ふたか、百枚注文した状袋を三百枚刷つてくれた。三百枚といふ大数には驚いた。毎日一枚宛《ずつ》書くとして十カ月分の状袋である。十カ月先きのことはどうなる

か甚だ覚束《おぼつか》ないものであるのにと窃かに心配して居つた。それが思ひのほか五、六月頃よりは容体もよくなつて、遂《つい》に百枚の状袋を費したといふ事は余にとつてはむしろ意外のことで、この百日といふ長い月日を経過した嬉《うれ》しさは人にはわからんことであらう。しかしあとにまだ二百枚の状袋がある。二百枚は二百日である。二百日は半年以上である。半年以上もすれば梅の花が咲いて来る。果して病人の眼中に梅の花が咲くであらうか。

(八月二十日)

百一

○先日西洋梨《せいようなし》の事をいふて置いたが、その後も経験して見るに西洋梨も熟して来ると液が多量にある、あながち日本梨に劣らない。しかし西洋梨と日本梨と液の種類が違ふ。

熱い国で出来る菓物《くだもの》はバナナ、パインアップルの如《ごと》き皆肉が柔《やわら》かでかつ熱帯臭いところがある。柑橘類《かんきつるい》でも熱い土地の産は肉も袋も総《すべ》て柔かでかつ甘味が多い。それからまた寒い国の産もやはり肉の柔かなものが多い。林檎《りんご》の柔かきはいふまでもなく梨でも柔かなものが出来る。しかるにその中間の地(たとへば東海道南海道など)で出来るものは柑橘類でも比較的堅くしまつて居るところがあつて、液が多量にあり、しかもその液には酸味が多い。それ故その液は甘味といふよりもむしろ清涼なるために夏時の菓物として適して居る。日本梨の液も西洋梨の液に比するとやはり清涼なところがあつて、しかもその液は粒の多い梨の方が多量に持つて居るやうだ。(八月二十一日)

百二

○『ホトトギス』第五巻第十号にある虚子《きょし》選句の三座は人《じん》が

川狩や刀束《つか》ねて草の上　天葩《てんぱ》

といふ句である。これは昔の武士の川狩の様であらうが「束ねて」といふは人は一人で刀は大小二本であるかあるいは二人三人の刀を束ぬるのであるか疑はしい。それから刀といふは大をいふのであるかどうか。昔の武士でも川狩に行く時は大概大小をたばさむやうの事はなく脇指《わきざし》一本位で行つたらうと思ふが、脇指でも刀といふ

であらうか。その上

川狩や地蔵の膝《ひざ》に小脇指　一茶《いっさ》

といふ古人の句もあるから、どちらにしてもこの句の手柄は少《すくな》いかと思ふ。地《ち》の句は

鉞《まさかり》をかたげて渡る清水かな　碧空生

といふのである。清水といふは山や野にある泉の類で、その泉の流れを成して居る辺をいふとしてもその水の幅は半間《はんけん》か一間位に過ぎない、その幅の狭い清水を「渡る」といふた処《ところ》が一歩か二歩で渡つてしまへる、その一歩か二歩で渡つてしまへる処をなぜにわざわざつかまへて俳句の趣向にしたのであらうか。かやうなつまらぬ事を趣向にしてことごとしくいふのは月並者流のする事である。天《てん》の句は

佐野が宿鉈《なた》ふるふべき藜《あかざ》かな　徴羽郎

といふのである。佐野が宿は源左衛門の宿なるべく、鉢の木の梅松桜を伐《き》りたる面影を留《とど》めて夏季の藜を伐るに転用したる処既に多少の厭味《いやみ》があるやうに思ふ。その上に錆《さ》びたる長刀をふるふ武士の面影を見せて、鉈を「ふるふ」と、ことさらにい

かめしく言ふて見た処は、十分に素人《しろうと》おどしの厭味を帯びて居る。「べき」といふ語も厭味がある。（八月二十二日）

百三

○今日は水曜日である。朝から空は霽《は》れたと見えて病床に寝て居つても暑さを感ずる。例に依《よ》つて草花の写生をしたいと思ふのであるが、今一つで草花帖を完結する処《ところ》であるから何か力のあるものを画きたい、それには朝顔の花がよからうと思ふたが、生憎《あいにく》今年は朝顔を庭に植ゑなかつたといふので仕方がないから隣の朝顔の盆栽を借りに遣《や》つた。ところが何と間違へたか朝顔の花を二輪ばかりちぎつて貰《もろ》ふて来た。それでは何の役にも立たぬので独り腹立てて居ると隣の主人が来られて暫《しばら》くぶりの面会であるので、余は麻痺剤《まひざい》を服してから色々の話をした。正午頃に主人は帰られたが、その命令と見えて幼き娘たちは朝顔の鉢を持つて来てくれられた。まだ一つだけ咲いて居ますと眼の前に置かれるのを見ると紫の花が一輪萎《しお》れもしないで残つて居る。其処《そこ》で昼餉《ひるげ》を終へて後《のち》写生に取り懸つたが大略の輪郭を定めるだけにかなりに骨が折れて容易には出来上らない。幼き娘たちは幾らか写生を見たいといふ野心があるので、遊びながら画の出来るのを待つて居た。時々画帖を覗《のぞ》きに来て、まだよと小さな声で失望的にいふのは今年七ツになる児《こ》である。そのうち内の者が外に余つて居る絵の具を出して遣つたのでこの七ツになる児と、直《す》ぐその姉に当る十《とお》になる児と二人で画を画き初めた。年かさの大姉さんといふのが傍に居て監督して居る。二人の子は余が写生した果物帖を広げてそれを手本にして画いて居る様子である。林檎にしませう、これがいいでせう抔《など》といふのは七ツになる児で、いえそれはむづかしくて画けませぬ、桜んぼにしませうといふのは十になる児である。それから、この色が出ないとか絵の具が足りないとか頻《しき》りに騒いで居たが、遂《つい》にその結果を余の前に持ち出した。見ると七ツの児の桜んぼの画はチャンと出来て居る。

十になる方のを見ると、これも桜んぼが更に確かに写されて居る。原図よりはかへつて手際よく出来て居るので余は驚いた。やがてこれにも飽いたと見えて朝顔の画の出来上るのも待たずに皆帰つてしまふた。余はたつた一輪の花を画いたのが成績がよくなかつたので、やや困りながら、大きな葉の白い斑入《ふい》りのやつを画いて見たが、これは紙が絵の具をはじくために全く出来ぬのもありまた自《おのずか》ら斑入りのやうに出来上るのもあつてをかしかつた。蔓《つる》の糾《もつ》れて居る工合《ぐあい》を見るのも何となく面白かつた。この時どやどやと人の足音がして客が来たらしい。やがて刺《し》を通じて来たのは孫生、快生の二人であつた。（ツヾク）　（八月二十三日）

百四

（ツヾキ）二人とも二年ばかり遇《あ》はなかつたので殊に快生などはこの前見た時には子供々々したいつその小僧さんのやうに思ふて居たが今度遇つてみると、折節髭《ひげ》も少しばかり伸びて居るので、いたく大人びたやうな感じがした。余は写生の画き残りをなほ画き続けながら話をしてゐたが、そのうち絵はほぼ出来上つたので写生帖を傍に置き、絵の具を向《むこう》の方へ突きやつてしまふた頃、孫生がいふには、実は渡辺さんのお嬢さんがあなたにお目にかかりたいといふのですがと意外な話の糸口をほどいた。さうですか、それはお目にかかりたいものですが、といふと、実は今来て待つておいでになるのです、といはれたので、余はいよいよ意外の事に驚いた。そのうち孫生は玄関の方へ出《で》て行《いっ》て何か呼ぶやうだと思ふと、すぐその渡辺のお嬢さんといふのを連れて這入《はい》つて来た。前からうすうす噂《うわさ》に聞かぬでもなかつたが、固《もと》より今遇はうとは少しも予期しなかつたので、その風采《ふうさい》なども一目見ると予《かね》て想像して居つたよりは遥《はる》かに品の善い、それで何となく気の利いて居る、いはば余の理想に近いところの趣を備へて居た。余はこれを見るとから半ば夢中のやうになつて動悸《どうき》が打つたのやら、脈が高くなつたのやら凡《すべ》て覚えなかつた。お嬢さんはごく真面目《まじめ》に無駄のない挨拶《あいさつ》をしてそれで何となく愛嬌《あいきょう》のある顔であつた。かういふ顔はどちらかといふと世の中の人は一般に余り善くいはない、勿論《もちろん》悪くいふものは一人もないが、さてそれだからといふて、これを第一流に置くものもない、それで世人からはそれほどの尊敬は受けないのであるが、余から見るとこれほどの美人＝美人といふとどうしても俗に聞えるが余がいふ美人の美の字は美術の美の字、審美学の美の字と同じ意味の美の字の美人である＝は先《ま》づいくらもないと思ふ。ただ十分な事をいふと少し余の意に満たない処《ところ》は、つくりがじみ過ぎるのである。勿論極端にじみなのではない、相当の飾りもあつてその調和の工合《ぐあい》は何ともいはれん味があるが、それにもかかはらず余は今少しはでに修飾したらば一層も二層も引き立つて見えるであらうと思ふ。けれどもそれは余り贅沢《ぜいたく》過ぎた注文で、否《いな》むしろ無理な注文かも知れぬ。これだけでも余の心をして恍惚《こうこつ》となるまでにするには十分であつた。話はそれからそれと移つて、快生が今まで居た下総《しもうさ》のお寺は六畳一間の庵室で岡の高みにある、眺望は極めて善し、泥棒の這入る気遣はなし、それで檀家《だんか》は十二軒、誠に気楽な処であつたなどといふ話にやや涼しくなるやうな心持もした。暫《しばら》くして三人は暇乞《いとまごい》して帰りかけたので余は病床に寐《ね》て居ながら何となく気がいらつて来て、どうとも仕方のないやうになつたので、今帰りかけて居る孫生を呼び戻して私《ひそ》かに余の意中を明《あか》してしまふた。余り突然なぶしつけな事とは思ふたけれども余は生れてから今日のやうに心をなやました事はないので、従つてまた今日のやうに英断を施したのも初めてであつた。孫生は快く承諾してとにかくお嬢さんだけは置いて行きませうといふ。それから玄関の方へ行て何《いっ》かささやいた末にお嬢さんだけは元の室《へや》へ帰つて来て今夜はここに泊ることとなつた。そのうち日が暮れる、飯を食ふ、今は夜になると例の如《ごと》くに半ば苦しく半ば草臥《くたび》れてしまふ。お嬢さんと話をしようと思ふて居る内に、もう九時頃になつた。九時になると、少し眠気がさすのが例であるが、とにかく自分だけは蚊帳《かや》を釣つてもらふて、それからゆつくりと話でもしようと思ふて居る処へ郵便が来た。それは先刻孫生に約束して置いた「百人豪」とかいふ本をよこしてくれたので、蚊帳の中でそれを読み始めたが、終《つい》に眠くなつて寐てしまふた。

翌朝起きてみると二通の郵便が来て居る。その一通を開いてみると、古生からよこしたので端書《はがき》大の洋紙に草花を写生したのが二枚あつた。一つはグロキシアといふ花、今一つは何ピーとかいつて豌豆《えんどう》のやうな花である。これはきのふ自分で写生したのだといふてよこしたのであるが、余り美しいので始《はじめ》のうちは印刷したものとしか思へなかつた。今一通の郵便を手に取つてみると孫生、快生連名の手紙であつたので、動悸ははげしく打ち始めた。手紙を開けて読んでみると昨日あれから話をしてみたが誠によんどころないわけがあるので、貴兄の思ふやうにはならぬといふ事であつた。しかしお嬢さんは当分の内貴兄の内に泊つて居られても差支《さしつかえ》ないといふのである。失望といはうか、落胆といはうか、余は頻《しき》りに煩悶《はんもん》を始めた。到底我《わが》掌中《しょうちゅう》の物でないとすればお嬢さんにもいつそ今帰つてもらつた方がよからう。一度でも二度でも見合つたり話し合つたりするほど、いよいよ未練の種である。最早《もはや》顔も見たくない、などと思ひながら孫生、快生へ当てて一通の返事を書いてやつた。その返事は極めて尋常に極めておとなしく書いたのであつたが何分それでは物足りないやうに思ふてまた終りに恨みの言葉を書きて

断腸花つれなき文の返事かな

と一句を添へてやつた。それから何をするともなく、新聞も読まずにうつらうつらとして居つたが何分にも煩悶に堪へぬので、再び手紙を書いた。いふまでもなく孫生、快生へ当てた第二便なので今度は恨みを陳《の》べた後に更に何か別に良手段はあるまいか、もし余の身にかなふ事ならどんな事でもするが、とこまごまと書いて

草の花つれなきものに思ひけり

といふ一句を添へてやつた。それでその日は時候のためか何のためかとにかく煩悶の中に一日を送つてしまふた。

その次の日、小さな紙人形を写生してしまふた頃丁度午後の三時頃であつたらう、

隣のうちの電話は一つの快報を齎《もた》らして来た。それは孫生、快生より発したので、貴兄の望み通りかなふた委細は郵便で出す、といふ事であつた。嬉《うれ》しいのなんのとて今更いふまでもない。

お嬢さんの名は南岳艸花画巻《なんがくそうかえまき》。

（八月二十四日）

百五

○略画俳画などと言つて筆数の少《すく》い画を画くのは、むしろ日本画の長所といふてもよい位であるが、その略画といふのは複雑した画を簡単に画いて見せるのを本領と思ふて居る人が多い。しかしそれには限らぬ。極めて簡単なるものの簡単なる趣味を発揮するのも固《もと》より略画の長所である。『公長略画』といふ本を見ると、非常に簡単なる趣向を以《もつ》て、手軽い心持のよい趣味をあらはしてゐるのが多い。例へば三、四寸角の中へ稲の苗でもあらうかと言ふやうな青い草を大きく一ぱいに画いて、その中に蛙が一匹坐《すわ》って居る、何でもないやうであるが、青い色の中に黒い蛙が一匹、何となくよい感じがする。あるいは水をただ青く塗つてその中へ蛙が今飛び込んだといふ処《ところ》が画いてある、蛙の足は三本だけ明瞭に見えるが一本の足と頭の所は見えて居らん、これも平凡な趣向であるけれど、青い水と黒い蛙とばかりを画いた所はやはり前の画と同じやうに極めて小さい心持のよい趣味に富んで居る。そのほか、蓮《はす》の葉を一枚緑に画いて、傍らに仰いで居る鷺《さぎ》と俯《うつむ》いて居る鷺と二つ画いてあるが如《ごと》きは、複雑なものを簡単にあらはした手段がうまいのであるが、簡単に画いたために、色の配合、線の配合など直接に見えて、密画よりはかへつてその趣味がよくあらはれて居る。そのほかこの本にある画は今まで見た画の内の、最も簡単なる画であつて、しかもその簡単な内に一々趣味を含んでゐる処はけだし一種の伎倆《ぎりょう》と言はねばならぬ。

（八月二十五日）

百六

○雑誌『ホトトギス』第五巻第十号に載せてある蕪村《ぶそん》句集講義の中

探題雁字《がんじ》

一《ひと》行《つら》の雁や端《は》山《やま》に月を印す

といふ句の解釈は当を得ない。これは誰もこの雁字といふ題に気がつかなかつたためで、余も輪講の当時書物を見ずに傍聴して居たのでこの題を聞《き》き遁《のが》してしまふた。雁字といふのは雁の群れて列をなして居る処《ところ》を文字に喩《たと》へたのであつて原《も》と支那で言ひ出しそれが日本の文学にも伝はつて和歌にて雁《かり》といふ題にはしばしばこの字の喩《たとえ》を詠《よ》みこんであるのを見る。この俳句の趣向は雁を文字に喩へたから月を「印」に喩へたのだ。赤い丸い月が出て居る有様を朱肉で丸印が捺《お》してあるものとして、一行の雁字と共に一幅を成して居るかのやうにしやれて見たのであらう。「一行の雁」とは普通の語であるけれどこの句で特に一行といふたのは一行の文字といふやうに利かせた事は言ふまでもない。また端山といふのに意味があるかないかは分らぬが、これを意味あるものとして、端山も一幅画中の景色の一部分であるといふやうに解するのは穏当でないかと思ふ。むしろ端山は全く意味のない者で、上と下とを結ぶための連鎖になつて居るばかりのものと見たい。しかしこの光景を空中高き処と見て、雁も月も縹渺《ひょうびょう》たる大空の真中、しかも首を十分に挙げて仰ぎ望むべき場合にありとすればこの比喩が適切でなくなる。端山辺の低い処に赤い月があるのでいくらか印のやうな感が強くなるのである。因《ちなみ》にいふ、丸印は昔から時々用ゐられる、尾形光琳《おがたこうりん》の如《ごと》きは丸印の方を普通に用ゐたやうだ。（八月二十六日）

百七

○『ホトトギス』第五巻第十号の募集句に追加したる虚子《きょし》の選者吟のうちに

本陣の槍《やり》に鴉《からす》や明易《あけやす》き

とあるは鴉が槍にとまつて居るといふ景色であるか、または槍の辺を飛んで居るといふ景色であるか、よく分らないので作者に聞いて見たところが、作者の意はそんな景色などはわからないでも善いのだといふので、烏《からす》は飛んで居ようと、とまつて居ようと、鳴いて居ようと、そんな事はどうでもよい、ただ本陣の槍と鴉といふものとをもつて来たところに趣があるのであるといふことであつた。その説明を聞いても余はなほ漠然たる光景に趣味を感ずる事は出来ない。本陣の槍に鴉やといふ句を見れば、どうしても客観的にその景色を目に浮べて見たくなる。従つて鴉の位置を明瞭にしなくては気がすまんのである。

松を伐《き》る鉈《なた》や誤って土を蘭《らん》を

とあるのは、ちよつとわかりかねる処《ところ》があつてこれも作者に質《ただ》して見た処が、松を伐るといふのはやはり松の立木を伐る事ぢやさうな。しかし立木を伐るとなれば、大抵は鋸《のこぎり》を用ゐるので鉈を用ゐることは殆《ほとん》どない。鉈で伐れるやうな木ならば、極めて小さい立木と見ねばならぬ。そんな事はどうでもよいとして、さて結句の「土を蘭を」といふ言ひかたは、余り詞《ことば》を働かせようとして句法が奇に過ぎるやうになり、随《したが》つて厭味《いやみ》に感ずるのである。かういふきはどい趣向は一般の場合においてどうしても厭味が勝つて初心臭くなる傾きがある。

石に腰百合《ゆり》の中なる鐺《こじり》かな

とあるのは、これもその意味を解しかねて作者に尋ねた処が、百合の中なる鐺といふのは、百合の花の中に鐺がはひつたといふのではなく、百合が沢山《たくさん》生えて居る中へ鐺がはひつたといふわけぢやさうな。けれどもその意味がこの句で現はれて居るであらうかどうであらうか、鐺が百合の生えて居る中にあるといふのもちよつと変な趣向である上に、それを「中なる鐺かな」といふやうな句法にしたために、いよいよ変に感じられて、何の事だかわからなくなつてしまふ。作者はわざと「鐺かな」といふやうな句法にしたのでそれがために句が活動して来るやうに思ふといふことであつた。それからこれは作者自身の事か、または作者は傍らにあつて他人の事を見て作つたのかといふて尋ねて見たらば、傍らから見たのだといふ答へであつた。しかし「石に腰」といふ言ひかたも、「百合の中なる鐺かな」といふ言ひかたも、総《すべ》て作者自身からいふたやうな詞つきであつて、他の武士の腰かけて居る有様を傍らから見たやうな詞つきでないと思ふ。要するに作者は鐺が百合の中にあるといふ光景がひどく嬉《うれ》しくて堪《たま》らんのでそれを現はしたのであるさうなが、どうも他から見ると無理なやうに思ふ。

採《さい》蓮《れん》を見て居る武士や旅刀

とあるのは、これは採蓮といふ支那の遊びについて作者も誤解して居つたので、到《とう》底《てい》日本的の武士を持つて来たのでは調和しないのである。

以上の句をひつくるめて作者と評者との衝突点が何処《どこ》にあるかといふと、つづまる処虚子《きよし》は頻《しき》りに句を活動させようとするためにその句法が言はば活動的句法とでもいふやうになつて居る。その活動的句法が厭味になつてまた無理になつてどうも俳句として十分でないやうに余には感じられるのである。余もあながち活動をわるいといふのでないが、活動に伴なふ所の弊害即《すなわち》厭味とか無理とかいふものを脱することが甚だむづかしいと思ふのである。その厭味その無理と余がいふ所のものを虚子はむしろ得意として居るのであるから、これらの句が極端に衝突を起したわけである。

（八月二十七日）

百八

○『ホトトギス』第五巻第十号にある碧梧桐《へきごとう》の獺祭書屋《だっさいしょおく》俳句帖抄評の中に

砂浜に足跡長き春日かな

を評して自分の足跡だか、人の足跡だかわからぬといふ事であつたが、余の考は無論自分の足跡といふわけではなく、ただそこについて居る足跡を見た時の感じをいふたのである。

日一日同じ処《ところ》に畑打つ

といふ句を評して作者自身が畑打つ場合であるかわからぬといふてある。これは余の考へは人の畑打を他から見た場合を詠《よ》んだつもりであつたのぢやけれど、作者自身が畑打つ場合と見られるかも知れん。

一　銭　の　釣《つり》　鐘《がね》　撞《つ》　く　や　昼《ひる》　霞《がすみ》

これを評して、賽銭《さいせん》を投げて鐘を撞く事であるといふてあるが、余の趣向はさうでない。一銭出すと釣鐘を一つ撞かすといふ処がある。その釣鐘を撞いたつもりなのである。

一《ひと》　桶《おけ》　の　藍《あい》　流　し　け　り　春　の　川

この句を評して「一桶の」といふのは実際桶に入れて藍を棄《す》てたといふのでなくて染物を洗ふため水の染《そ》んでゐる工合《ぐあい》を云々《うんぬん》といふてある。しかし余の趣向はさうでない。実際一桶の藍を流したので、これは東京では知らぬが田舎の紺屋《こうや》にはよくある事である。

観　音　で　雨　に　遇《あ》　ひ　け　り　花　盛　り

この句について余は「観音で」と俗語を持つて来たところが少し得意であつたのだ。

碧梧桐評の中にこの句は乙二《おつに》調だとか、この句は蓼太《りょうた》調だとかいふ事が、しかも二十句ばかり列挙してあつたのには驚いた。これは随分大胆な評で、殊に碧梧桐の短所ではあるまいか。随分杜撰《ずさん》なやつもある。英雄人《ひと》を欺くの手段であらう。

長き夜や人灯《ひ》を取つて庭を行く

この句を評して、上《かみ》五字を「夜寒さや」としては陳腐になるのであらうか、といふて居る。しかし余の考は夜寒のつもりではなかつたのである。これは長い夜の単調を破つた或《あ》る一事件をひつつかまへたので、詳しくいはば長い夜の何も変つた事はなく、ただ長い長いと思ふて居る時に、誰か知らぬが灯を持つて庭先を横ぎつた者があつたといふ一事件があつて、さてその後はまた何事もなく同じやうに長い長い夜であつたのである。（ツヅク）

（八月二十八日）

百九

秋風や侍町は塀ばかり

（ツヅキ）

右の句につきての碧梧桐《へきごとう》の攻撃は、この句を維新前の光景を詠《よ》みたるものとし従つて「塀ばかり」といふを沢山《たくさん》あつて目立つて居る趣と解したために起つたのである。しかし余の趣向はさうではない。これは郷里に帰つて城北の侍町を過ぎた時の所感を述べたもので無論維新後に頽廃《たいはい》した侍町のつもりである。塀ばかりは昔のままのが大方は頽《くず》れながらなほ残つて居るが、その内を見ると家はなくて竹藪《たけやぶ》が物凄《ものすご》きまで生ひ茂つて居る処《ところ》もあり、あるいは畑になつて茄子《なす》玉蜀黍《とうもろこし》などつくつてある傍に柿《かき》の木が四、五本まだ青き実を結んで居る処もあるといふやうな光景を詠んだつもりであつたが、これは前書をつけて置かなかつたのが悪かつた。

山 門 を 出 て 下《くだ》 り け り 秋 の 山

「いで下りけり」と読むのは無理ではあるまいか。余は「でて下りけり」と読ませるつもりであつた。もつとも俳句としての句法上では「でて」と二字で切る方が無理なのであろう。

仏 壇 の 柑《こう》 子《じ》 を 落 す 鼠《ねずみ》 か な

これは無論枝の柑子などではない。御《お》華《け》足《そく》か何かに盛つてあつたのをころがしたつもりであつたのぢやが、今考へて見ると不完全な句である。余は柑子のころげた音を聞いてその光景を想像して居たのをかう作つたのであるが、それは無理ぢや。かつて蕪村《ぶそん》の「樒《しきみ》はみこぼす鼠かな」につきて同じやうな論があつたと思ふ。（ツヅク）

（八月二十九日）

百十

柿《かき》食へば鐘が鳴るなり法隆寺

この句を評して「柿食ふて居れば鐘鳴る法隆寺」とは何故いはれなかつたであらうと書いてある。これは尤《もっとも》の説である。しかしかうなるとやや句法が弱くなるかと思ふ。

（ツヅキ）

菊の花天《てん》長《ちょう》節《せつ》は過ぎにけり

季のことについてはしばしばいつたのであるが、ここにもまた誤解がある。余は立冬以後を冬とするのであるから、従つて天長節は秋季に這入《はい》つて居るのである。

十一月五、六日もまだ秋の中である。それから余は十月といふ題の句はここに入れてはない。

木《こ》枯《がらし》や鐘曳《ひ》き捨てし道のはた

これは余の趣向は大きな釣鐘を寺へ曳《ひ》つぱつて行く道で日が暮れたものであるから、その釣鐘はその夜一夜は道のはたに曳き捨てて置く、その時の光景を詠《よ》んだつもりなので、従つて時は日の暮かもしくは夜のつもり、さうして講中の人数などは無論家に帰つてしまふて、ここには居らぬのである。いはば道のはたで大釣鐘が独り立つて居るといふやうな物凄《ものすご》い淋《さび》しい場合を趣向に取つたつもりであるから、木枯を配合したのである。

下駄穿《は》いて行くや焼野の薄《うす》月《づく》夜《よ》

この句の下駄穿いて行くといふことについて、疑問を起してあるが、余が特に下駄を持つて来たのは、下駄ならば茨《いばら》の焼けた跡なども平気で踏んでゆけるといふやうな心持からいふたのである。しかし必ずしも茨を踏むといふのではない。とにかく面白くない趣向である。

に思ふ。

出る時の傘に落ちたる菖蒲《しょうぶ》かな

この句を評して、きはどい場合の句であるといふてあるのは異論はない。しかし傘が菖蒲の端に障つてそれで落ちたのだと思ふと、それほどきはどくなくなるやうに思ふ。

鳴きやめて飛ぶ時蟬《せみ》の見ゆるなり

この句を評して趣味に乏しいとあるのは尤な説である。しかし余自身にはちよつと捨て難い処《ところ》がある。

聾《つんぼ》なり秋の夕《ゆうべ》の渡し守

この句を評して、下手な小説を読むやうな感じがあると書いてある。なほ評者に尋ねて見たるに或人《あるひと》が渡し守に話しかけて見たらばその渡し守が聾であつたといふやうな場合と想像したのぢやさうな。余は此方の岸から、向岸の渡し守を呼んでも呼んでも出て来ぬので、そこで聾なりといつたのである。（ヲハリ）

（八月三十日）

百十一

○余が所望したる南岳《なんがく》の艸花画巻《そうかえまき》は今は余の物となつて、枕元に置かれて居る。朝に夕に、日に幾度となくあけては、見るのが何よりの楽しみで、ために命の延びるやうな心地がする。その筆つきの軽妙にして自在なる事は、殆《ほとん》ど古今独歩《ここんどっぽ》といふてもよかろう。これが人物画であつたならば、如何《いか》によく出来て居つても、余は所望もしなかつたらう、また朝夕あけて見る事もないであらう。それが余の命の次に置いて居る草花の画であつたために、一見して惚《ほ》れてしまふたのである。とにかく、この大事な画巻を特に余のために割愛せられたる澄道和尚《ちょうどうおしょう》の好意を謝するのである。

（八月三十一日）

百十二

○いよいよ暑い天気になつて来たので、この頃は新聞も読む事出来ず、話もする事出来ず、頭の中がマルデ空虚になつたやうな心持で、眼をあけて居る事さへ出来難くなつた。去年の今頃はフランクリンの自叙伝を日課のやうに読んだ。横文字の小さい字は殊に読みなれんので三枚読んではやめ、五枚読んではやめ、苦しみながら読んだのであるが、得た所の愉快は非常に大なるものであつた。費府《フィラデルフィア》の建設者とも言ふべきフランクリンが、その地方のために経営して行く事と、かつ極めて貧乏なる植字職工のフランクリンが一身を経営して行く事と、それが逆流と失敗との中に立ちながら、着々として成功して行く所は、何とも言はれぬ面白さであつた。この書物は有名な書物であるから、日本にもこれを読んだ人は多いであらうが、余の如《ごと》く深く感じた人は恐らくほかにあるまいと思ふ。去年はこの日課を読んでしまふと、夕顔の白い花に風が戦《そよ》いで初めて人心地がつくのであつたが、今年は夕顔の花がないので暑くるしくて仕方がない。

（九月一日）

百十三

○いはゆる詩人といふ漢詩を作る仲間で、送別の詩などを大勢の人から貰《もろ》ふてその行色を壮《さかん》にするとかいふて喜んで居る。それはわるいことでもないけれど余り言ふにも足らぬほどの旅行に不相応な送別の詩などを、しかも無理やりに請求して次韻《じいん》などさすことはよくないことと予《かね》てより思ふて居た。ところが近来は俳句仲間にもその弊風が盛んになつて送別ぢやの留別ぢやの子が出来たの寿賀をするのと、その時々につけて交際のある限りはその句を請求する、それが何のためかと思ふと、やはり名聞のためなので、その沢山《たくさん》の句を並べて新聞雑誌などに出して得意がつて居るといふに至つては、余り見識のないしやうではないか、そのくせこの種の句に限つて殊にろくでもないのが多いのに。　　　　　（九月二日）

百十四

○日本青年会のことについて何か意見はないかといふ話であつたが、余の意見として発表するほどの特別な意見は持たぬ。何にせよ一つの団体がある以上は何か事業でも起さねば甚だ薄弱な会合になつてしまふやうな傾きはあるが、しかし日本青年会は事業的の団結でないのであるからどこまでも精神的団結でやつてもらひたいのである。雑誌『日本青年』も甚だつまらぬ（世間的意味において）雑誌であるけれど、そのつまらぬ処《ところ》が会員にとつてはかへつて面白い処であると思ふ。こんな雑誌を出してその地方へ往《いっ》た時に会員を尋ねて話する位の交際をしてそれだけで日本青年会の値打は十分にあると思ふ。徒《いたずら》に大きなことをいふて身分不相応な事業または雑誌などをやることはよくあるまい。余は日本青年会のどこまでも実着《じっちゃく》に真面目《まじめ》にあることを願ふばかりである。

（九月三日）

百十五

○漢語で風声鶴唳・・といふが鶴唳《かくれい》を知つて居るものは少《すくな》い。鶴の鳴くのはしはがれたやうなはげしき声を出すから夜などはよほど遠くまで聞える。声聞于天《こえてんにきこゆ》といふも理《り》窟《くつ》がないではない。もし四、五羽も同時に鳴いたならば恐らくは落人《おちうど》を驚かすであらう。

（九月四日）

百十六

○暑き苦しき気のふさぎたる一日もやうやく暮れて、隣の普請《ふしん》にかしましき大工左官の声もいつしかに聞えず、茄子《なす》の漬物に舌を打ち鳴らしたる夕餉《ゆうげ》の膳《ぜん》おしやりあへぬほどに、向島《むこうじま》より一鉢の草花持ち来ぬ。緑の広葉うち並びし間より七、八寸もあるべき真白の花ふとらかに咲《さ》き出《い》でて物いはまほしうゆらめきたる涼しさいはんかたなし。蔓《つる》に紙ぎれを結びて夜会草と書いつけしは口をしき花の名なめりと見るにその傍に細き字して一名夕顔とぞしるしける。彼方《かなた》の床の間の鴨居《かもい》には天津《てんしん》の肋《ろっ》骨《こつ》が万年傘に代へてところの紳董《しんとう》どもより贈られたりといふ樺色《かばいろ》の旗二流おくり来しを掛《か》け垂《たら》したる、そのもとにくだりの鉢植置き直してながむればまた異なる花の趣なり。この帛《はく》にこの花ぬひたらばと思はる。

くれなゐの、旗うごかして、夕風の、吹き入るなへに、白きもの、ゆらゆらゆらぐ、立つは誰、ゆらぐは何ぞ、かぐはしみ、人か花かも、花の夕顔

（九月五日）

百十七

○如何《いか》に俗世間に出て働く人間でも、碁を打つ位な余裕がなくてはいかんよ、など

と豪傑を気取つて居るのはよいが、さてその人が碁を打つ有様を見て居ると、一番勝てば直《す》ぐに鼻を高くし、二、三番も続いて負けると熱火の如《ごと》くせき込んで、モー一番、モー一番と、呼吸《いき》もつかずに考へもしない碁を夜通しにパチパチと打つて居る。側から見て居るとマルで気違ひのやうぢや。これでは余裕も何もありはしない。

（九月六日）

百十八

○けふ或《あ》る雑誌を見て居たらば、新刊書籍のうちに、鳴雪翁《めいせつおう》の選評にかかる俳句選といふものの抜萃《ばっすい》が出て居つた。その中から更に抜萃して見ると

白 酒 に 酔 ふ も 三 日 や 草 の 宿

評 貴嬢紳士は終年宴楽

菜 の 花 の あ な た に 見 ゆ る 妹《いも》 が 家

評 黄雲千頃、またこれ天《あま》の川《がわ》

よき衣によき帯しめて暑いなり
評　白粉《おしろい》も汗にとくらん

田舎人のつき飛《とば》されし祭かな
評　ヒヤア、うつたまげ申した

役人の札立てゝ去る青田かな
評　アリヤ何だんべー

などいふ類である。この俳句の巧拙などはここで論じるのでないが、この評の厭味《いやみ》多くして気のきかぬ事について余は少し驚いたのである。鳴雪翁は短評を以《もっ》て人を揶揄《やゆ》したり、寸言隻語《すんげんせきご》を加へて他の詩文を飜弄《ほんろう》したりすることはむしろ大得意であつたのであるが、今この俳句選の評を見ると如何《いか》にも乳臭が多くて、翁の評とは思はれぬほどである。もつとも抜萃のしやうがわるいため、たまたま不手際なやつが揃《そろ》ふて居るのかも知れぬが、とにかくこれらを標準として翁の伎倆《ぎりょう》を評する人があるならば大なる冤罪《えんざい》を翁に加へるものである。

（九月七日）

百十九

○近頃は少しも滋養分の取れぬので、体の弱つたためか、見るもの聞くもの悉《ことごと》く癪《しゃく》にさはるので政治といはず実業といはず新聞雑誌に見るほどの事皆我をじらすの種である。露月《ろげつ》が『俳星』に出して居る文章などは一々に読まぬからよくはわからぬが、自分が今始めて元禄の俳書などを読んで今更事珍し気に吹聴《ふいちょう》するのはなほ感ずべき点があるとしても、自分が好きな十句を作つて東京諸俳友の評を乞《こ》ひその各評の悪口を臆面もなく雑誌へ出したところは虚心平気といへば善いやうであるが、あの標準で恥ぢぬ所は少し一方の大将としては覚束《おぼつか》ない処《ところ》がある。今一工夫欲しいものである。青々《せいせい》の達吟《たつぎん》に至つては実に驚くべきものであるが、さりとて杜鵑《ほととぎす》二百句といふに至つてはさすがの先生、無邪気に遣《や》つてのけた所は善いが、これで俳句になつて居るつもりでは全く経験の足らぬ科《とが》であらう。二百羽の杜鵑をひつつかまへたといふのは一羽もひつつかまへないといふ事であるとは題見てもわかつて居る事であるのに。

（九月八日）

百二十

○雑誌『ホトトギス』第五巻第十号東京俳句界の中に

茂《しげ》山《やま》の雫《しずく》や凝りて鮎《あゆ》となり　耕《こう》村《そん》

といふ句を碧梧桐《へきごとう》が評したる末に「かつ茂山《もざん》をシゲヤマと読ますこと如何《いか》にも窮せずや」とあり。されどこは杜撰《ずさん》なる評なり。

筑《つく》波《ば》山《やま》は山しげ山しげけれど思ひ入るにはさはらざりけり

とかいふ名高き古歌もあり、俳句にも

茂《しげ》山《やま》やさては家ある柿《かき》若《わか》葉《ば》　蕪《ぶ》村《そん》

といふ蕪村の句さへあるにあらずや。（九月九日）

百二十一

○碁の手将棋《しょうぎ》の手といふものに汚ないと汚なくないとの別がある。それがまたその人の性質の汚ないのと汚なくないのと必ずしも一致して居ないから不思議だ。平生《へいぜい》は誠に温順で君子と言はれるやうな人が、碁将棋となるとイヤに人をいぢめるやうな汚ない手をやつて喜んで居る。さうかと思ふと、平生は泥棒でも詐欺でもしさうな奴が、碁将棋盤に向くとまるで人が変つてしまふて、君子かと思ふやうな事をやる。少しも汚ない手をしないのみならず、誠に正々堂々と立派な打方をするのがある。このほかによくその人の性質を現はしたやうな碁打ち将棋さしも固《もと》より沢山《たくさん》ある。これには種々な原因があつて、もし心理的に解剖して見たらばよほど面白い結果を現はすであらうと思ふが、その中の一原因をいふと、碁将棋の道に浅いものは如何《いか》なる人によらず汚ない手を打つのが多くて、段々道に深く入つて、正式に碁将棋を学んだものには、その人の如何《いかん》にかかはらず余り汚ない手は打たないのである。

（九月十日）

百二十二

○一日のうちに我瘦足《わがやせあし》の先俄《にわ》かに腫《は》れ上《あが》りてブクブクとふくらみたるそのさま火箸《ひばし》のさきに徳利をつけたるが如《ごと》し。医者に問へば病人にはありがちの現象にて血の通ひの悪きなりといふ。とにかくに心持よきものには非《あら》ず。

四方太《しほうだ》は『八笑人《はっしょうじん》』の愛読者なりといふ。大にわが心を得たり。恋愛小説のみ持《も》て囃《はや》さるる中に鯉丈《りじょう》崇拝とは珍し。

四方太品川に船して一網にマルタ十二尾を獲《え》、しかも網を外《はず》れて船に飛び込みたるマルタのみも三尾あり、総《すべ》てにて一人の分前《わけまえ》四十尾に及びたりといふ。非常の大漁なり。昨また隅田の下流に釣して沙魚《はぜ》五十尾を獲《え》、同伴のもの皆十尾前後を釣り得たるのみと。その言にいふ、釣は敏捷《びんしょう》なる針を択《えら》ぶことと餌《えさ》を惜しまぬこととにありと。

左千夫《さちお》いふ。性《しょう》の悪き牛、乳を搾《しぼ》らるる時人を蹴《け》ることあり。人これを怒つて大に鞭撻《べんたつ》を加へたる上、足を縛《しば》り付け、無理に乳を搾らむとすれば、その牛、乳を出さぬものなり。人間も性悪しとてむやみに鞭撻を加へて教育すればますますその性を害《そこの》ふて悪くするに相違なしと思ふ。云々《うんぬん》。

節《たかし》いふ。かづらはふ雑木林を開いて濃き紫の葡萄圃《ぶどうほ》となさむか。

（九月十一日）

百二十三

○支那や朝鮮では今でも拷問《ごうもん》をするさうだが、自分はきのふ以来昼夜の別なく、五体すきなしといふ拷問を受けた。誠に話にならぬ苦しさである。（九月十二日）

百二十四

○人間の苦痛はよほど極度へまで想像せられるが、しかしそんなに極度にまで想像したやうな苦痛が自分のこの身の上に来るとはちよつと想像せられぬ事である。（九月十三日）

百二十五

○足あり、仁王の足の如《ごと》し。足あり、他人の足の如し。足あり、大盤石の如し。僅《わず》かに指頭を以《もっ》てこの脚頭に触るれば天地震動、草木号叫、女媧氏《じょかし》いまだこの足を断じ去つて、五色の石を作らず。（九月十四日）

百二十六

○芭蕉《ばしょう》が奥羽《おうう》行脚《あんぎゃ》の時に、尾花沢《おばなざわ》といふ出羽《でわ》の山奥に宿を乞《こ》ふて馬小屋の隣にやうやう一夜の夢を結んだ事があるさうだ。ころしも夏であつたので、

蚤《のみ》 虱《しらみ》 馬 の し と す る 枕《まくら》 許《もと》

といふ一句を得て形見とした。しかし芭蕉はそれほど臭気に辟易《へきえき》はしなかつたらうと覚える。

○上野の動物園にいつて見ると(今は知らぬが)前には虎《とら》の檻《おり》の前などに来ると、もの珍し気に江戸児《えどっこ》のちやきちやきなどが立留《たちどま》つて見て、鼻をつまみながら、くせえくせえなどと悪口をいつて居る。その後へ来た青毛布のぢいさんなどは一向匂《にお》ひなにかには平気な様子でただ虎のでけえのに驚いて居る。　(九月十五日)

百二十七

○芳菲《ほうひ》山人《さんじん》より来書

拝啓昨今御病床六尺の記二、三寸に過《すぎ》ず頗《すこぶ》る不穏に存《ぞん》じ候《そうろう》間《あいだ》御見舞申上候達磨《だるま》儀《ぎ》も盆頃より引籠《ひきこも》り縄鉢巻《なわはちまき》にて筧《かけい》の滝に荒行中《あらぎょうちゅう》御無音《ごぶいん》致《いたし》候

俳病の夢みるならんほとゝぎす拷問《ごうもん》などに誰がかけたか

（九月十七日）

「病牀六尺」未定稿

○この頃東京の新聞に職業案内といふ一項を設けたのは至極便利な事であるが、さてその実際は何処《どこ》まで信用すべきものであらうか、とは誰も疑ふ所である。今この広告を見て実際を探りし人の話を聞くに

蠣殻《かきがら》町辺に事務員を求めるといふ広告があつたので、出掛けて往《い》つて見ると、九尺二間《にけん》位な小さき家に怪しい者が住んで居る。主人がいふには、私のうちの用事は貸金の集めかた、または催促方に廻《まわ》つてもらふのであるから、先《ま》づ身元金の三十円を納めてもらひたい。給金は腕次第である。かういふことであつた。とにかく三十円の身元金などは貧書生に思ひもよらんので、そこを出てしまふた。

それからまたある処《ところ》に事務員が欲しいといふのがあつて往つて見ると、小さな家

に新しい看板がかけてある。聞いて見ると、そこでは保険会社の事務員を募るので、その保険金の募り高に応じて口銭を呉《く》れるといふのである。その口銭は百円につき十銭である。もし会社員にしては呉れまいかと聞いたら、それは段々募集金を集めなどした上で、その腕前を見て社員にせぬこともないと言つた。

○独逸《ドイツ》の伯林《ベルリン》の傍に在る皇室附属の森林で、独逸皇帝が露国皇太子と共に猟をせられた所が、たつた一時間半に七百三十九頭の鹿《しか》がとれたさうだ。その中で皇帝自らが三十九頭、露国皇太子が二十七頭撃たれたさうな。また某伯爵が自分の猟区へ独逸皇帝を招いて猟をせられた時には、一日の獲物が雉《きじ》六千二百五十六羽、兎《うさぎ》百五十九頭、ラビツト十三頭であつたさうな。富士の裾野を何百人が二日間狩立てて、たつた鹿二頭を得たといふのとは雲泥の差である。

○犬はほかの犬を見るとすぐに肛門《こうもん》をなめる。あるいは道傍に糞があると、すぐにそれを嗅《か》いで見る。それがために犬の病気は直ちに他に伝染するのぢやさうな。

（明治三十五年）

解　説

復本一郎

ベースボールの大好きだった第一高等中学校生正岡子規、そして「旅行好《ずき》」を自称していた正岡子規が、後日、日本新聞記者として日清戦争に従軍し、その無理が祟《たた》って、臥褥《がじょく》の日々を余儀無くさせられたのは、明治二十九年(一八九六)、三十歳の時であった。診断は、結核性のカリエス。二十三歳の時に罹患《りかん》した結核(肺病)が徐々に悪化、従軍中の劣悪な環境が、子規の肉体を一気に蝕《むしば》んだのであった。以後、明治三十五年(一九〇二)九月十九日に数え年三十六歳で永眠するまで、七年間の「病牀六尺」の生活が続いたのであった。

随筆集『病牀六尺』は、そんな中、明治三十五年五月五日より九月十七日まで、全百二十七回にわたって孜々《しし》として綴《つづ》られたもの。『病牀六尺』の執筆に入る三ヶ月前の明治三十五年二月十五日付で子規は、叔父大原恒徳《つねのり》(子規の母八重《やえ》の弟)に宛てて認《したた》めた手紙の中で、当時の体調、そして家族の様子を、

身体の苦痛に精神の苦痛を交え候事故《ゆえ》、其《その》苦痛は何とも申し様無之《これなく》、リツなども一生懸命にて働き居《おり》候へ共《ども》、とても手が届き不申《もうさず》、母様も睡眠不足や何かにて御疲労の様いちじるしく相見え、御気の毒に存じ候。

と伝えている。「リツ」は、言うまでもなく、三歳年下の妹律《りつ》。この時、母八重は五十八歳、妹律は三十三歳。身体の苦痛、精神の苦悶《くもん》の中で、妹律、母八重への深い感謝の思いが率直に述べられている。これが、時に憎まれ口をたたく子規の本音であったろう。

このように、日々悪化する体調の中で綴られていったのが『病牀六尺』であった。もっとも、自ら筆を執って記すことは少なかったようで、多くは口述筆記というかたちをとったようである。そのことを明らかにしている一つが、高浜虚子の『俳諧日記』。「ふと俳諧日記でも書いて見ようかと思ひ立」ったのが執筆の動機。明治三十五年四月十七日より五月十九日までの短期間の日記である。その五月三日の項に「子規子を訪《と》ふ。

病床《(ママ)》六尺(一)を筆記す」と見える。左のごとき有名な書出しは、虚子によって口述筆記されたものだったのである。

> 病床六尺、これが我《わが》世界である。しかもこの六尺の病床が余には広過ぎるのである。僅《わず》かに手を延ばして畳に触れる事はあるが、蒲団《ふとん》の外へまで足を延ばして体をくつろぐ事も出来ない。甚だしい時は極端の苦痛に苦しめられて五分《ごぶ》も一寸《いっすん》も体の動けない事がある。苦痛、煩悶《はんもん》、号泣、麻痺剤《まひざい》、僅かに一条の活路を死路の内に求めて少しの安楽を貪《むさぼ》る果敢《はか》なさ、

さらに続くのであるが、省略。虚子が五月三日に筆記した部分が通称「日本新聞」(正式には「日本」)に掲載されたのは、二日後《あと》の五月五日。虚子の『俳諧日記』を辿《たど》っていくと、五月六日に「病床六尺(四)」を、五月十日に「病床六尺(六)」を、五月十六日に「病床六尺(八)」を、それぞれ筆記しており、それが「日本新聞」に掲載されたのは、五月八日、五月十二日。ただし、五月十六日の「病床六尺(八)」は、「病床六尺(九)」の誤記ということであろう。筆記後、郵送し、二日経て掲載されていたと見てよい。松

山市立子規記念博物館には、九十二回、九十九回、百一回、百九回分の子規自筆の原稿が所蔵されており、体調のよい時には、自ら筆を執って書き記したこともあったのであろうが、多くは、虚子はじめ親しい門人たちに依頼しての口述筆記であったようである。それが明かされているのが、昭和二年(一九二七)七月十日発行の岩波文庫版『病牀六尺』に付されている寒川鼠骨《さんがわそこつ》の「解説」。この「解説」の中で、鼠骨は、

病臥中殊《こと》に重態であつた為《た》め、原稿は之《これ》を口授して、概《おおむ》ね門下の碧梧桐《へきごとう》、虚子、余、又《また》時として左千夫《さちお》、令妹《れいまい》律子さんをして筆記せしめ、仰臥の儘《まま》、筆にて校訂されたものである。

と記している。当事者鼠骨の言葉であるだけに、信憑性《しんぴょうせい》は、すこぶる高いと言えよう。

このようにして始まった連載『病牀六尺』であったが、そして五月五日、六日、七日、八日と順調に進んできたのであったが、九日の掲載がなく、十日に飛んでいる。他にも休載した日が何日かあったが、最初の不掲載日であったこの日の衝撃は、子規にとって並大抵のことではなかったように思われる。子規の手紙の中に「日本新聞」編輯《へんしゅう》主任

であった古島一雄宛の次のごときものがある。

拝啓　僕ノ今日ノ生命ハ「病牀六尺」ニアルノデス。毎朝寐起《ねおき》ニハ死ヌル程苦シイノデス。其中《そのなか》デ新聞ヲアケテ病床六尺ヲ見ルト僅《わずか》ニ蘇《よみがえ》ルノデス。今朝新聞ヲ見タ時ノ苦シサ、病牀六尺ガ無イノデ泣キ出シマシタ。ドーモタマリマセン。

当の古島一雄は、後日、この処置を、子規の体調を慮《おもんぱか》っての休載ということであったと述べている。が、子規にとっては、自分の文章が、新聞に掲載されるということが、生きること、生きているということの確認だったのである。

実は、これに似た体験を、子規は、以前にもしていた。『病牀六尺』の方向性を定めたと言ってもよい明治三十四年(一九〇一)一月十六日より七月二日までの間、「日本新聞」に発表した随筆『墨汁一滴』の連載開始時の出来事である。その時のことを一月十五日付寒川鼠骨宛の手紙の中で、子規は次のように伝えている。

僕ハ此頃《このごろ》横腹ガ痛ンデ筆ガ取レンノデ、ソレガ残念デ不愉快デ誠ニツマラヌ。トコロガフト一策ヲ案出シテ毎日「墨汁一滴」トイフ短文(一行以上廿《にじゅう》行以下)ヲ書イテ新聞へ出サウト思ヒツイテ、一昨日ノ夜一文送ツテオイタ。ソコデ今朝ハソレガ出テ居ルダロト思フテ急イデ新聞ヲヒロゲテ見ルト、無イ。ツマラヌ〳〵。何モイヤダ。新聞モヨミタクナイ。

筆一本によって俳句を革新し、短歌に挑戦してきた子規が、「横腹ガ痛ンデ筆ガ取レ」ない状態になってしまったのであった。どんなに辛く、遣る瀬《やせ》なかったことであろうか。絶望のどん底に陥っていくような気持であったろう。そんな時にふと創案したのが、一行以上、二十行以下の短文を書き、それを新聞に発表するという方法だったのである。いわゆる随筆である。このことは、『墨汁一滴』の本文中でも、左のごとく詳しく記されている。子規にとって筆を執り、物を書くということは、紛れもなく生き甲斐《いがい》だったのである。ところが、かつての様に思う存分筆を走らすことは、もはやできない。その打開策が「墨汁一滴」(墨一滴の中での思いの開陳)だったのである。

こは長きも二十行を限《かぎり》とし短きは十行五行あるは一行二行もあるべし。病の間《ひま》をうかがひてその時胸に浮びたる事何にてもあれ書きちらさんには全く書かざるには勝《まさ》りなんかとなり。

ここに、子規晩年の文芸生活の活路ともいうべき方法が確立したのであった。この『墨汁一滴』の形式、内容を、そのまま踏襲したのが『病牀六尺』だったのである。

形式面での踏襲については、すでに見たところである。そこで『病牀六尺』の内容面について見てみることにしたい。「病の間《ひま》をうかがひてその時胸に浮びたる事何にてもあれ書きちらさん」との姿勢によって記される小文、いわゆる随筆であり、随感、随想である。

それゆえ、明治三十五年(一九〇二)という時点における病状報告、交友録、読書録、見聞記、女子教育論、といった小文が見えるし、若きころからの持論である「写生」論や「月並」論も記されている。また、時には俳句作品や長歌作品も披瀝《ひれき》されている。その中で、特に注意しておかなければならないのは、明治三十五年四月十五日刊の子規句集『獺祭書屋俳句帖抄《だっさいしょおくはいくじょうしょう》』(俳書堂・文淵堂相板)に対しての、河東碧梧桐《かわひがしへきごとう》の「ホトトギス」第五巻第十号(明治三十五年七月三十日発行)での批評への反論である。その中の代表的一

句の碧梧桐評に言及して、子規は、

柿食《かき》へば鐘が鳴るなり法隆寺

この句を評して「柿食ふて居れば鐘鳴る法隆寺」とは何故いはれなかつたであらうと書いてある。これは尤《もっとも》の説である。しかしかうなるとやや句法が弱くなるかと思ふ。

と反論している(百十)。〈柿食へば〉の句は、子規が奈良の宿で初夜《そや》の鐘(勤行の鐘)を聞いたのをきっかけとして生まれた作品であったが、右では、碧梧桐の句評を斥《しりぞ》けている子規の言葉に注目しておいてよいであろう。他に、変ったところでは、後年、子規没後、芥川龍之介をして「「墨汁一滴」や「病牀六尺」中に好箇の小品少なからざるは既に人の知る所なるべし。就中《なかんずく》「病牀六尺」中の小提灯《こぢょうちん》の小品の如《ごと》きは何度読み返しても飽かざる心ちす」と言わしめた、古島一雄(古洲《こしゅう》)からの見舞の手紙をきっかけにして生まれた短篇小説のごとき佳品も見える(十三)。

が、『病牀六尺』の注目すべき顕著な特色は、一巻を通して絵画論的な子規の見解の披瀝が基調をなし、貫通していたということであろう。子規には、明治三十三年(一九〇〇)三月十日発行の「ホトトギス」第三巻第五号掲載の小文(随筆)「画」の中での「僕に絵が画けるなら俳句なんかやめてしまふ」との衝撃的な発言が見られる。そして、この発言と符節を合わせるがごとく、子規は、親友の洋画家中村不折からもらった絵具で、一年前の秋、机の上に活《い》けてあった秋海棠《しゅうかいどう》の彩色画を描いていたのであった。それ以降も、果敢に絵画に挑戦し、明治三十五年(一九〇二)には、『菓物帖《くだものちょう》』『草花帖』の二冊の画集を残しているのであった。

そこで、『病牀六尺』中に子規の絵画論的な見解が窺える回数を順に列挙するならば、四、五、六、七、十、十一、十二、十九、二十、二十二、二十六、二十七、三十五、四十一、四十五、五十三、五十七、五十八、六十三、七十、七十六、七十八、八十、八十六、八十七、八十八、八十九、九十五、百三、百四、百五、百六、百十一、ということになる。次にこれらの諸回に登場する画家たちを見ていくならば、これも順に、月樵《げっしょう》、鶯邨《おうそん》(抱一《ほういつ》)、景文、公長、呉春《ごしゅん》、応挙《おうきょ》、南岳《なんがく》、文鳳《ぶんぽう》、蘆雪《ろせつ》、文晁《ぶんちょう》、崋山《かざん》、広重《ひろしげ》、蕙斎《けいさい》、光琳《こうりん》、靄崖《あいがい》、汪淇《おうき》、煙霞翁《えんかおう》、賀知章《がちしょう》、不折、等ということになる。これらの画家たちの画帖を枕許《まくらもと》に置き、体調のよい時に引き出して見ては楽しみ、心慰めたというわけである。絵画論的な記述が、『病牀六尺』の基調をなしていること、十分に諾《うべな》われるであろう。先の画家たちの中にあって、子規が最も関心を抱いた画家が、上田秋成とも交流のあった河村文鳳（安永八〜文政四年）であった。文鳳の絵に俗気があること、手荒く画きとばしていることを承知しつつも、それでも子規は、文鳳に大きな関心を示しているのであった。

子規の手もとにあったのは子規が『手競画譜《しゅきょうがふ》』と呼んでいるところの『南岳文鳳手競画譜』（別名『南岳文鳳街道雙画』とも）である。子規は、この本が余斎《よさい》（上田秋成）の文化八年（一八一一）刊『海道狂歌合』の下巻の画譜篇が独立刊行されたものであることを理解していたようである。が、上巻（狂歌篇）は披見し得ていなかったようである。子規は「絵の趣向の豊富な処《ところ》があり、かつその趣味の微妙な処がわかつて居る」文鳳の画に注目し、十回、十一回、十二回、と三回にわたって、全十八番の右の絵担当の文鳳の絵を、文字をもって評価している。病子規の力業《ちからわざ》である。十八枚の絵には、いずれも淡彩が施されている。子規は「余は幼き時より画を好みしかど、人物画よりもむしろ花鳥を好み、複雑なる画よりもむしろ簡単なる画を好めり。今に至つてなほその傾向を変ぜず」と述べている。また「画に彩色あるは彩色なきより勝《まさ》れり」（六）とも言っている。そこで、文鳳が描く十八枚の絵の中で、随意、十三番右の絵に付した子規の評言に注目してみる。子規は披見していなかったが、秋成は、十三番の右の狂歌として、「雪ごえ」と題し、

箱根山朝こえかぬる大ゆきにたが為となく跡つけて行《ゆく》

を示している。そこで、子規の評である。

十三番の右は景色画でしかも文鳳特得の伎倆《ぎりょう》を現はして居る。場所は山路であつて、正面に坂道を現はし(坂の上には小さな人物が一人向ふへ越え行かうとして居る処が画いてある)坂の右側に数十丈もあらうといふ大樹が鬱然《うつぜん》として立つて居る。筆数は余り多くないが、その大樹があるために何となくその景色が物凄《ものすご》くなつて、その樹《き》は慥《たしか》に下の方の深い谷間に聳《そび》えて居るといふことがよくわかる。心持の可《よ》い画である。

他の十七枚の絵に対しても、このような筆致で解説、批評が綴られている。実際に文鳳の絵を見つつ、子規の文章を辿っていくと、その的確な描写に感嘆を禁じ得ない。雪景色であることには触れられていないが、言わずもがな、ということだったのであ

ろうか。

三回にわたっての文鳳画批評を試みた子規であるが、その最後を「文鳳の画は一々に趣向があつて、その趣向の感じがよく現はれて居る。筆は粗であるけれど、考へは密である。一見すれば無造作に画いたやうであつて、その実極めて用意周到である。文鳳の如きは珍しき絵かきである。しかも世間ではそれほどの価値を認めて居ないのは甚だ気の毒に思ふ」(十二)と結んでいる。子規は、ちょうど歌人橘曙覧《たちばなのあけみ》を発掘した時と同じような目差《まなざし》を、文鳳に注いでいるのである。

子規の、文鳳への熱い目差を、『病牀六尺』の味読を通して、しっかりと受け止めていた読者がいた。大阪船場の俳人水落露石《みずおちろせき》である。二十二回の冒頭に、子規は、

大阪の露石から文鳳の『帝都雅景一覧』を贈つてくれた。

と記している。『帝都雅景一覧』は、東・西・南・北の全四冊。文化十一年(一八一四)刊。京の東西南北の名所旧跡の絵に彩色を施している美しい画冊である。子規は、広重と文鳳を「景色画の二大家とも言つてよからう」とした上で、「広重には俗な処があつて文

鳳の雅致が多いのには比べものにならん」と、あくまでも文鳳に加勢している。子規は、露石に明治三十五年(一九〇二)五月二十九日付で礼状を認《したた》めているが、その中で、日々の苦痛を報じつつ、

唯一の救助法は画本を見る事に候。これも彩色本殊《こと》によろしく候。これなれバ現在を楽み、未来に苦を残さず候。

と記している。『病牀六尺』の基調としての絵画論の存在が首肯されるであろう。この「画本を見る」楽しみに加えて、子規には、画く楽しみが加わっていた。「このごろはモルヒネを飲んでから写生をやるのが何よりの楽しみとなつて居る」と述べ、「草花帖が段々に画き塞《ふさ》がれて行くのがうれしい」(八十六)と記している。そして、八十七回(八月七日掲載)では、ごくごく短く、

○草花の一枝を枕元に置いて、それを正直に写生して居ると、造化の秘密が段々分つて来るやうな気がする。

と呟《つぶや》いている。これで全部である。『病牀六尺』の中でも、最も短い分量の回であろう。子規自ら筆を執ったものか、第三者による口述筆記かは、定かでない。

『病牀六尺』中の絵画論の掉尾《ちょうび》を飾るのは、子規をして一篇の小説を書かしめることとなった円山《まるやま》応挙門の渡辺南岳(明和四～文化十年)自画『四季艸花画巻《しきそうかえまき》』(現在は東京芸術大学蔵)との出合いである。全二巻。鮮やかな彩色が施されている。大正十年(一九二一)七月に巧芸社より彩色が施されていない複製本が出ているが、その「解説」冊子中で、虚子は、「子規居士《こじ》の魂打ち込んだ遺愛品」と題する一文を寄せ、その冒頭に「南岳草花絵巻は子規居士の晩年を色どつた一つのものである」と記している。その通り、子規は実に艶麗《えんれい》なる短篇小説をものして、『病牀六尺』の読者をびっくりさせている。そのまとめとしての百十一回では「余が所望したる南岳の艸花画巻は今は余の物となつて、枕元に置かれて居る。朝に夕に、日に幾度となくあけては、見るのが何よりの楽しみで、ために命の延びるやうな心地がする」と述べ、その所以《ゆえん》を「余の命の次に置いて居る草花の画であつたために、一見して惚《ほ》れてしまふたのである」と記している。死の二十日前の記述である。

かくて、子規の絵画論を基調とする『病牀六尺』の記述は、ひたすら子規の終焉《しゅうえん》へと向かうことになる。百二十二回(九月十一日)、百二十三回(九月十二日)、百二十四回(九月十三日)、百二十五回(九月十四日)と惨憺《さんたん》たる病状が短く報告されている。その中の百二十三回目を見ておく。

○支那や朝鮮では今でも拷問《ごうもん》をするさうだが、自分はきのふ以来昼夜の別なく、五体すきなしといふ拷問を受けた。誠に話にならぬ苦しさである。

先の八十七回に次ぐ短さであるが、こちらの方は、自得の短さではなく、苦痛、苦悶の呟きゆえの短さである。子規の苦痛、苦悶が、読者に迫る。そして、最終回は、安政二年(一八五五)生まれの友人西芳菲《にしほうひ》の短い手紙の紹介のみである。その短い手紙の末尾には、左の狂歌が記されている。

俳病の夢みるならんほとゝぎす拷問などに誰がかけたか

子規の胸中の代弁たり得ていると見て、子規の意志でここに掲げられた一首であろう。芳菲は、子規が「小日本」の編集主任時代の昔(子規、二十八歳)から交流のあった人物。子規は、『墨汁一滴』の中で、芳菲を、

芳菲山人の滑稽家《こっけいか》たるは人の知る所にして、狂歌に狂文に諧謔《かいぎゃく》百出《ひゃくしゅつ》尽くる所を知らず。しかもその人極めてまじめにしていつも腹立てて居るかと思はるるほどなり。

と評している。その芳菲の滑稽の狂歌一首をもって『病牀六尺』を結んでいるところ(結果として、そうなったとしても)、いかにも滑稽を好んだ子規らしいではないか。

そこで、芳菲の狂歌である。もちろん、先の百二十三回の記述が意識されていよう。「俳病」は、子規も使っている言葉であるが、俳句三昧境《さんまいきょう》ともいうべき境地であろう。そんな境地を理想としていただろう子規(ほとゝぎす)であるのに、誰が拷問にかけて、その夢を打ち砕くのか、ということになろう。「誰がかけたか」には、「ほとゝぎす」の鳴き声とされる「てッぺんかけたか」「ホゾンカケタカ」(『俚言集覧《りげんしゅうらん》』)が利かされていることは、言うまでもない。子規は、苦悶、苦痛の中で、この狂歌を口述しながら、ひそ

かに心中、莞爾《かんじ》として笑ったことであろう。この芳菲の狂歌一首の紹介をもって『病牀六尺』は、終る。

この日から二日後の明治三十五年(一九〇二)九月十九日午前十二時五十分、子規は、数え年三十六歳をもって、その短くも充実した生涯を閉じたのであった。子規の母八重ではないが、「サア、も一遍痛いというてお見」と呼び掛けたい衝動にかられるではないか。

〔編集付記〕

一、本文庫の底本には、岩波文庫旧版(昭和二年七月刊)を用い、子規自身の若干の加筆のある「切抜帖」(国立国会図書館所蔵)を参照した。「「病牀六尺」未定稿」は、初出の『子規全集』第十四巻(アルス、大正十五年八月刊)を底本とした。

一、今回の改版に当たってはルビの加除等の整理を改めて行い、復本一郎氏に新たな解説を御執筆いただいた。

岩波文庫(緑帯)の表記について

近代日本文学の鑑賞が若い読者にとって少しでも容易となるよう、旧字・旧仮名で書かれた作品の表記の現代化をはかった。そのさい、原文の趣をできるだけ損なうことがないように配慮しながら、次の方針にのっとって表記がえを行った。

(一) 旧仮名づかいを新仮名づかいに改める。ただし、原文が文語文であるときは旧仮名づかいのままとする。

(二) 「当用漢字表」に掲げられている漢字は新字体に改める。

(三) 漢字語のうち代名詞・副詞・接続詞など、使用頻度の高いものを一定の枠内で平仮名に改める。

(四) 平仮名を漢字に、あるいは漢字を別の漢字に替えることは、原則として行わない。

(五) 振り仮名を次のように使用する。

(イ) 読みにくい語、読み誤りやすい語には新仮名づかいで振り仮名を付す。

(ロ) 送り仮名は原文通りとし、その過不足は振り仮名によって処理する。

例、明に→明《あきらか》に

(二〇二二年一月、岩波文庫編集部)

病牀六尺《びょうしょうろくしゃく》

1927年 7 月 10 日　第 1 刷発行
1984年 7 月 16 日　第 26 刷改版発行
2022年 2 月 15 日　改版第 1 刷発行
2024年 11 月 5 日　改版第 3 刷発行

著　者　正岡子規《まさおかしき》

発行者　坂本政謙

発行所　株式会社 岩波書店
〒101-8002 東京都千代田区一ツ橋 2-5-5

案内 03-5210-4000　営業部 03-5210-4111
文庫編集部 03-5210-4051
https://www.iwanami.co.jp/

印刷・三陽社　カバー・精興社　製本・中永製本

ISBN 978-4-00-360039-9　　Printed in Japan

読書子に寄す

——岩波文庫発刊に際して——

岩波茂雄

真理は万人によって求められることを自ら欲し、芸術は万人によって愛されることを自ら望む。かつては民を愚昧ならしめるために学芸が最も狭き堂宇に閉鎖されたことがあった。今や知識と美とを特権階級の独占より奪い返すことはつねに進取的なる民衆の切実なる要求である。岩波文庫はこの要求に応じそれに励まされて生まれた。それは生命ある不朽の書を少数者の書斎と研究室とより解放して街頭にくまなく立たしめ民衆に伍せしめるであろう。近時大量生産予約出版の流行を見る。その広告宣伝の狂態はしばらくおくも、後代にのこすと誇称する全集がその編集に万全の用意をなしたるか。千古の典籍の翻訳企図に敬虔の態度を欠かざりしか。さらに分売を許さず読者を繋縛して数十冊を強うるがごとき、はたしてその揚言する学芸解放のゆえんなりや。吾人は天下の名士の声に和してこれを推挙するに躊躇するものである。このときにあたって、岩波書店は自己の責務のいよいよ重大なるを思い、従来の方針の徹底を期するため、すでに十数年以前より志して来た計画を慎重審議この際断然実行することにした。吾人は範をかのレクラム文庫にとり、古今東西にわたって文芸・哲学・社会科学・自然科学等種類のいかんを問わず、いやしくも万人の必読すべき真に古典的価値ある書をきわめて簡易なる形式において逐次刊行し、あらゆる人間に須要なる生活向上の資料、生活批判の原理を提供せんと欲する。この文庫は予約出版の方法を排したるがゆえに、読者は自己の欲する時に自己の欲する書物を各個に自由に選択することができる。携帯に便にして価格の低きを最主とするがゆえに、外観を顧みざるも内容に至っては厳選最も力を尽くし、従来の岩波出版物の特色をますます発揮せしめようとする。この計画たるや世間の一時の投機的なるものと異なり、永遠の事業として吾人は微力を傾倒し、あらゆる犠牲を忍んで今後永久に継続発展せしめ、もって文庫の使命を遺憾なく果たさしめることを期する。芸術を愛し知識を求むる士の自ら進んでこの挙に参加し、希望と忠言とを寄せられることは吾人の熱望するところである。その性質上経済的には最も困難多きこの事業にあえて当たらんとする吾人の志を諒として、その達成のため世の読書子とのうるわしき共同を期待する。

昭和二年七月